D1004553

Columbus

Ignacio Solares

Columbus

COLUMBUS
© 1996, Ignacio Solares

De esta edición:
© 1996, Aguilar, Altea, Taurus, Alfaguara, S.A. de C.V.
Av. Universidad 767, Col. del Valle
México, 03100, D.F. Teléfono 688 8966

- Ediciones Santillana S.A.
  Carrera 13 N° 63-39, Piso 12. Bogotá.
- Santillana S.A.
  Juan Bravo 38. 28006, Madrid.
- Santillana S.A., Avda. San Felipe 731. Lima.
- Editorial Santillana S.A.
  4ta, entre 5ta y 6ta, transversal. Caracas 106. Caracas.
- Editorial Santillana Inc.
  P.O. Box 5462 Hato Rey, Puerto Rico, 00919.
- Santillana Publishing Company Inc.
  901 W. Walnut St., Compton, Ca. 90220-5109. USA.
- Ediciones Santillana S.A.(ROU)
  Boulevar España 2418, Bajo. Montevideo.
- Aguilar, Altea, Taurus, Alfaguara, S.A.
  Beazley 3860, 1437. Buenos Aires.
- Aguilar Chilena de Ediciones Ltda.
  Pedro de Valdivia 942. Santiago.
- Santillana de Costa Rica, S.A.
  Av. 10 (entre calles 35 y 37)
  Los Yoses, San José, C.R.

Primera edición: septiembre de 1996

ISBN: 968-19-0298-X

© Foto portada: Lourdes Almeida
Proyecto de Enric Satué

Impreso en México

Muchos sueños andan sueltos por el mundo. Sueños que encarnan y se convierten en hechos reales apenas encuentran las condiciones apropiadas. Para comprenderlos históricamente, sin embargo, no hay que olvidar su condición onírica.

JOSÉ FUENTES MARES

*Para Gonzalo Celorio, Hernán Lara y
Sealtiel Alatriste*

I

En realidad, no fue tanto por irme con Villa como por joder a los gringos, entiéndeme. Joder a los gringos fue, esencialmente, algo así como casarte *in articulo mortis,* como creer en la resurrección de la carne, como suponer que tus actos influyen en la salvación del mundo. Algo así.

Pisteamos un rato y te cuento.

En el seminario de Chihuahua aprendí que si quería salvar mi alma debía prepararme para las contiendas que se librarían apenas los demonios del Anticristo —que sería el Perro mismo, que vendría a la tierra a reclutar prosélitos— invadieran, como mancha de fuego, las arenas de nuestros desiertos. No era difícil en aquellos años averiguar la nacionalidad de los demonios. Ya lo habían intentado en el año catorce, acuérdate, por el lado del mar, de Veracruz, en el mes de abril.

Serían las once de la mañana cuando los marinos norteamericanos comenzaron a salir como brotados del fondo cenagoso de la bahía. Venían de diversos puntos de la costa, y mientras unos desembocaban en la esta-

ción terminal, otros aparecieron, como por ensalmo, en las calles de los terrenos ganados al mar. Brotaban en silencio, y se desparramaban por el puerto con tal cautela que pasó tiempo antes de que los veracruzanos se dieran cuenta de lo que ocurría, de lo que parecía imposible, de lo que era cierto: los marinos gringos ya estaban ahí, entre ellos. Entonces, la reacción fue inmediata. Abandonado el pueblo por las tropas encargadas de su defensa, se armó con lo que encontró a la mano y se lanzó contra los invasores. Algunos se les enfrentaban abiertamente y otros les disparaban desde los balcones y las azoteas de sus casas. Los que no tenían armas, les arrojaban piedras y agua hirviente. Los adolescentes de la escuela naval y algunos presos liberados organizaron la resistencia. El teniente Manuel Azueta, que luchó con una ametralladora hasta caer herido, se negó a ser curado por los enemigos y murió. "De que me cure un cochino gringo a morir, prefiero morir", fue lo último que dijo. Al final del combate, el pueblo recogería a sus heridos y a sus muertos: cerca de setecientos. Los norteamericanos seguían desembarcando. Al caer la noche había en Veracruz más de siete mil. La bandera de las barras y las estrellas ya ondeaba de nuevo sobre México y el problema consistía en saber si era el principio del fin o una simple ocupación temporal dirigida exclusivamente contra Victoriano Huerta, según lo aseguraba el presidente Wilson. El veintitrés de noviembre de ese mil nove-

cientos catorce, los marinos norteamericanos se fueron de Veracruz.

Pero a finales del año quince volvieron, fuertes, los rumores de que ahora la invasión sería por nuestros rumbos, por el puente del Río Bravo. Que una mañana nos despertaríamos en Ciudad Juárez ya con los gringos encima de nosotros. Algo que me provocaba un terror sólo comparable al del enterrado vivo que despierta a su destino. En noviembre apareció en *El Paso Herald* un artículo, tomado del *World* de Chicago, de lo más revelador. Mira, lee tú mismo las primeras líneas: *Tenemos el deber moral de apoyar la decisión del presidente Wilson de invadir a México definitivamente. El pueblo mexicano ha demostrado que no es bastante fuerte y sano como para gobernarse de una manera estable y eficaz. Una raza como ésa, en su mayor parte compuesta por mestizos, indios y aventureros españoles, casi toda analfabeta, no puede aspirar a la libertad y a la justicia; en una palabra, a la democracia. Necesitará, sin remedio, ser oprimida. Durante siglos así lo ha sido, víctima de la degradación que le han impuesto sus autoridades: ladrones, asesinos y cohechadores. ¿Quién podría suponer que en el futuro será un país distinto y que no corremos los norteamericanos el riesgo de pagar las consecuencias de su grave condición?*

Así que cuando, además, me enteré de que en el puente del Río Bravo habían quemado vivo a un grupo de treinta y cinco mexicanos que intentaba cruzarlo —legalmente—, rociándolos con queroseno y luego prendiéndoles fuego, ya no le dudé y me uní a los villistas en su ataque a Columbus para, simplemente, adelantarnos a ellos, comerles el mandado y madrugarlos. ¿Qué otra cosa podía hacer si desde que salí del seminario supe que mi destino sería luchar contra *algo*?

Por desgracia, como estaba tan oscuro la noche que entramos en Columbus, confundimos los establos con los dormitorios de la guarnición y matamos un montón de caballos en lugar de soldados, lo que les permitió organizar la contraofensiva. (Yo lo pensé: eso no sonaba como a estar matando humanos, no eran quejidos humanos, pero ya no podíamos echarnos para atrás.) El triste resultado final fue de sólo diecisiete gringos muertos, en su mayoría civiles, a cambio de más de cien de los nuestros y muchos heridos. Ahora, que el susto, ¿quién se los quita?

No te imaginas la emoción que se siente gritar: "¡Mueran los gringos!", echando bala y dentro del propio territorio norteamericano, algo que hay que vivir.

¿Empezamos con un poco de *bourbon*?

Somos de Chihuahua y el desierto lo llevamos dentro, no tiene remedio. O por lo menos yo sí lo llevo dentro, lo que me provocó de joven una cierta insolación permanente, por llamarla de alguna manera. El seminario de los jesuitas y el desierto de Chihuahua, nomás calcula qué combinación.

Fíjate cómo el arenal es siempre inestable, blanduzco, gris, y el gris no es un color, es la negación de los colores, y si lo mira uno fijamente durante demasiado tiempo termina por marear. Los médanos cambian de paradero cada noche, el viento los crea, los aniquila y los moviliza a su capricho, los disminuye o los agranda. En ocasiones, aparecen amenazantes y múltiples frente a ti, pero al instante siguiente han huido y se les ve dispersos, lejanos como una rala erupción en la piel del desierto, como lo que realmente son: un espejismo. Como también son un espejismo los ocasionales arroyos que roturan el paisaje con sus cauces calizos, las cabras que te miran con sus grandes ojos admonitorios, la lechuguilla, esa planta que más bien parece de alambre, o el ocotillo, la yuca, la choya, la creosota, la gobernadora o el sauce del desierto, con su flor morada que, por cierto, huele como la puritita chingada.

Dicen que el medio determina la vida de uno, y quien nace en el desierto acaba por llevarlo en el alma convertido en doctrina sustentadora. Por algo de ahí han salido los grandes dogmáticos y dio lugar, casi nada, a las tres más importantes religiones monoteístas.

De mis retiros místicos —hasta antes de que me nacieran las dudas— siempre regresé con los ojos, con las manos, con la piel como en efervescencia, en un grado de exaltación casi insoportable. Ver ahí, en absoluta soledad, un amanecer —el momento preciso en que las lenguas del sol empiezan a reptar por la arena, encendiéndola poco a poco— se te puede convertir en una peligrosa droga, me cae. Ve a comprobarlo un día, anímate, tú que andas con esto del reportaje. Claro, la ilusión te durará hasta el momento en que te pongas a pensar, y cómo dejar de pensarlo, si no más bien estás solo y tu alma, la presencia que suponías era apenas tu pobre sombra —que ahí es siempre enorme, desdoblada—, y detrás de las noches magníficas que has gozado en el desierto no hay sino eso, una noche magnífica y arena infinita y estrellas muy cercanas, gordas y deslumbrantes o tan pequeñas como llamitas de fósforo, pero al fin de cuentas titilantes en un Universo que, por decirlo con moderación, ha sido abandonado de la mano de Dios, si es que alguna vez existió Dios y tuvo mano. Entonces te vuelves alérgico a la droga, el contacto con la arena te irrita la piel y no soportas demasiado sol. Te proteges con sombreros de ala ancha y, sobre todo, con el bullicio ensordecedor de la ciudad, de preferencia entre personas tan incrédulas como tú. La verdadera identidad se encuentra en la foto para pasaporte de tres cuartos sobre fondo blanco y en la impresión dígito-pulgar derecho, dónde si no.

Por eso dejé el seminario de Chihuahua y me largué a Ciudad Juárez. Gracias a un tío, hermano de mi madre, entré a trabajar de *bellboy* en el hotel *Versalles* y, los fines de semana por las noches, en un burdel del Chino Ruelas, en la calle Dieciséis. Fue el mejor burdel de Ciudad Juárez de la época, de eso no tengo duda. Se habían puesto de moda entre los gringos las enanas —se metían con dos y tres a la vez— y había que buscarlas por donde se pudiera (hasta de un circo que pasó por Chihuahua nos jalamos un par). Tenían que ser enanas, pero no enanas indias: ésa parecía la condición. Por lo menos, no totalmente indias sino ya medio mezcladitas. Por ejemplo, a una enana que bajé de la Tarahumara le hicieron el feo, no hubo gringo que se metiera con ella y tuve que regresarla a su cueva de origen.

No que en el burdel tuviéramos puras enanas; en realidad apenas si logramos reclutar unas diez en total (por cierto, una de ellas se nos murió al mes de haber llegado), pero eran las que más dinero dejaban porque los gringos las preferían por sobre cualquier otra clase de mujer. Esperaban horas, bebiendo en el bar, con tal de meterse con una, o dos, o tres. Tal parecía que mientras más borrachos se ponían, más les interesaban las enanas, algo muy raro.

—No tarda en pasárseles el antojo, así son para todo —decía el Chino Ruelas, con su voz que temblaba, adelgazada, casi en maullido—. Hay que aprovecharnos al máximo mientras les dure.

Y así lo hacía él. El interés monetario del Chino no tenía fisuras. Yo en cambio sentía feo de que nuestras lindas enanitas (lo digo por la ternura que me despertaban), a las que tanto trabajo nos daba localizar —además de convencerlas de que se metieran de putas, lo más difícil—, terminaran revolcándose en la cama con un gringo borracho de dos metros de altura, que quién sabe qué cosa rara les haría. Pero a causa de la boruca revolucionaria casi no había trabajo en Juárez (ni en ninguna otra parte) y como había dejado el seminario algo tenía que hacer, y de plano agarré lo primero que encontré. Además de que en Chihuahua mis papás estaban fatal. Frustrada mi vocación sacerdotal, yo quería ser periodista, o algo así, y me gustaba mucho leer novelas de todo tipo. (¿Recuerdas aquellas novelitas ilustradas que llegaban ocasionalmente a la librería de don Prudencio Gómez, en la Jiménez y el Paseo Bolívar? Pero cómo vas a recordarlo si tú eres tan joven y a don Prudencio le quemaron la librería los villistas en el año catorce.) Pero ni había publicado nada ni publiqué nunca jamás nada, y únicamente conservé la dolorosa costumbre de a veces ponerme a escribir, cuando estoy solo, en la barra de este mugre bar que por lo menos es de mi propiedad, ¿no?

El burdel se conocía como el del Chino Ruelas en la Dieciséis, pero en realidad no estaba en la Dieciséis sino unas cuadras más adentro, en la Mariscal. En la Dieciséis el Chino había tenido otro, muy famoso años antes, y de ahí venía la confusión. Incluso, había gente que a él lo conocía como "El Chino de la Dieciséis". Por eso repartíamos tarjetitas —trozos de papel escritos a mano— con la verdadera dirección del burdel por todo Juárez, para que no fueran a confundirse. No había gringo que cruzara el puente, a pie o en auto, que no recibiera la tarjetita del burdel. En eso era muy eficiente mi tío Carlos, que fue quien me conectó con el Chino.

El burdel sólo trabajaba los fines de semana y abría a las nueve. Tenía dos puertas: una de ellas, la principal, daba a un amplio recibidor con sofás raídos y mesitas de centro. La luz, entre verde y violeta, salía de unas bolas de vidrio azulado que parecían enormes burbujas de jabón a punto de reventar. Las paredes estaban acribilladas de groserías en inglés y en español, caricaturas, nombres propios, corazones cruzados por flechas, sexos femeninos como medias lunas y vergas y huevos como pájaros. El Chino invitaba a los clientes a que dibujaran las paredes: le parecía algo original y se ahorraba los cuadros o los carteles (nunca conocí hombre más ahorrativo). La otra puerta daba a la cocina y por ahí entraban y salían ciertos clientes que no querían ser vistos, por lo general políticos, revolucionarios o comerciantes muy conocidos en el Juárez de entonces. En invierno, ventanas y balcones permanecían ciegos y sellados. En verano, por el contrario, había que abrir cuanta ventana estuviera a la mano para jalar un aire remilgoso, que se adensaba apenas entraba en la casa, se volvía pegostioso, se prendía de las cosas como si las mordiera. Aire único ése de Juárez; imagínatelo dentro del burdel.

Bajaban las muchachas de los cuartos y pasaban delante de doña Eulalia —algo así como la gerente— para demostrarle que estaban limpias, arregladas y peinadas, con vestidos de colores muy vivos, entallados y escotados (extrañamente, las enanitas eran por lo general las más insinuantes). Se sentaban en los sofás del recibidor a esperar a los clientes. Conversaban entre ellas, fumaban, golpeaban los contornos de la nariz con borlas de polvo, se abanicaban, siempre nerviosas y expectantes. Había una pianola y en una época además de la pianola un acordeón, pero una noche el acordeonista se nos hizo humo y no lo volvimos a ver ni encontramos quién lo sustituyera.

Luego empezaban a llegar los clientes, en su mayoría gringos aunque había de todo: villistas, carrancistas, colorados, pelones, campesinos, policías, comerciantes o estudiantes que convivían pacíficamente, como en un terreno neutral. Quizás el único terreno neutral de la frontera. Algunos ya conocían el lugar e iban directo a la mujer que les gustaba y se sentaban junto a ella o se la llevaban a la barra, que atendía personalmente el Chino, con su inseparable libro de cuentas enfrente, en donde anotaba hasta el último centavo que entraba al negocio. Otros llegaban como destanteados —y yo diría medio encandilados— y miraban hacia todas partes dentro de la luz difusa y preferían tomarse un par de copas antes de decidirse. Si el Chino veía que nomás bebían, les mandaba a alguna de las muchachas que estaban desocupadas. La mayoría de los clientes nacionales se iban al cuarto con la primera que se les acercaba, en cambio los gringos eran más exigentes. En ocasiones, de una exigencia insufrible. Cuando se pusieron de moda las enanas, había que tener a los gringos bebiendo en la barra mientras esperaban a que se desocupara alguna de ellas, o varias de ellas, porque, te decía, les gustaba meterse con dos y tres a la vez. El problema de que bebieran demasiado es que se ponían aún más exigentes y hasta groseros. En más de una ocasión le destrozaron los muebles del recibidor al pobre Chino por las trifulcas que armaban —también las armaban los clientes nacionales, pero menos— y recuerdo muy vivamente una madrugada en que un gringo, sin camisa y rojo de la risa, se trepó en la barra y se orinó en la cara de una de las enanas, que otro gringo le sostenía por la fuerza. Quién podía evitar ese tipo de cosas si los únicos ayudantes que tenía el Chino éramos mi tío y yo, que acababa de salir del seminario y ni siquiera sabía agarrar una pistola.

Algunos clientes bailaban con la música de la pianola antes de subirse al cuarto. El Chino trataba de evitar que nomás bailaran y se fueran en la madrugada sin haber gastado un peso, costumbre muy de los estudiantes, por cierto. Para evitarlo, entre pieza y pieza se hacían largos descansos y se repartían bebidas. Carajo, se veían chistosísimos los gringos gigantescos bailando con las enanas al son de la pianola, tendrías que haberlos visto.

En la parte de arriba de la casa estaban los cuartos. Al pie de la escalera había una mesita con rollos de papel higiénico y botellitas de alcohol y una mujer encargada de cobrar los servicios. Largo tiempo ese puesto lo ocupó la esposa del Chino, pero luego se disgustaron y ella se regresó a China, o algo así. Entonces fue doña Eulalia la que tomó el puesto.

Recuerdo mucho el olor del lugar. Mejor dicho, el olor de las enanas. No era difícil sospechar los lavados presurosos, el trapo húmedo por los sobacos y por las ingles, y después las lociones baratas, la pintura, el polvo en la cara: una costra blancuzca y detrás las manchas pardas trasluciendo. Pero creo que el olor tan penetrante de las enanas —que se me ha quedado en la memoria con una fuerza insólita— era a partir de que empezaban a sudar. Hay que imaginar el esfuerzo sobrehumano que hacían las enanas al bailar con los gringos. Y después, ya en el cuarto, es obvio, hacían todavía un mayor esfuerzo.

En una ocasión me atreví a espiar por una puerta entreabierta. Las cosas parecían flotar dentro de la penumbra, como en una especie de jalea de durazno: la cama de metal oxidado, el buró con el rollo de papel higiénico y la botellita de alcohol, maderas opacas, algún mueble por ahí cubierto con una cretona tenebrosa y absurda. El gringo estaba acostado en la cama, desnudo, la piel rosada e infantil y sin embargo con unos pies como de orangután. Tenía una verga enorme y curva que le mamaba una de las enanas mientras las otras dos —desnudas, lo que las hacía verse aún más enanas, por decirlo así— le andaban por el pecho y por la cara, por el cuello y hasta por los sobacos, como animalitos ávidos, metiéndosele dentro de la piel. El gringo gritaba: *Oh no, please, don't!,* mientras crispaba las manos. No pude ver mucho, la verdad. Sentí que la boca se me amargaba. Algo que se había acumulado durante toda aquella noche, y quizá durante años, y de pronto se concentraba en el sabor de la saliva, en una náusea creciente que me obligó a correr a las fosas sépticas que había afuera de la casa.

Quizá, de veras, como decía mi tío Carlos, me faltaba temple para trabajar en un burdel. Dios mío, yo tenía casi veinticinco años pero todavía no me había metido con ninguna mujer.

II

¿Otro chorrito? Bajo juramento que este *Jack Daniel's* no provoca cruda, puedes beber cuanto quieras. Hubo un tiempo en que tomaba por lo menos una botella diaria y no recuerdo que me causara el más mínimo malestar, el más mínimo, ya no digamos una cruda. Pero, bueno, entiendo tu resquemor, con tus antecedentes familiares, según dices, no es para menos. Claro que me acuerdo de tu padre, cómo iba a olvidarlo si fue de los pocos clientes con una cuenta abierta que pagaba al mes, cuando la pagaba. No te preocupes, nunca permití que alguien me quedara a deber, olvídate de eso. Alto, moreno, con una piochita muy recortada, por supuesto. Buen lector de novelas de todo tipo, como yo. Me encanta recordarlo hoy, aquí contigo, codo con codo, unidos por el pasado y, sobre todo, por ese misterio inescrutable de la simpatía mutua. Salud, amigo mío. Por tu padre, cómo no.

Aquel Juaritos sí que era entrañable, aunque te doliera en el alma verlo en manos de los gringos. Por eso lo empezaron a llamar *La Babilonia pocha* o el *dump* de los norteamericanos. Y no sólo por las diversiones que se abrían para ellos (burdeles de los mejores, corridas de toros con Gaona y Silveti, carreras de caballos estupendas, peleas de gallos a todas horas, casinos de juego; cómo sería el éxito de los casinos que hasta una casona en la calle Ferrocarril, que había sido convento, la convirtieron en garito), sino por la Revolución misma. La Revolución también les divertía y les parecía folclórica, aunque los periódicos anduvieran con lo de invadirnos para aplacarnos y meternos en cintura.

Los paseños se amontonaban en las riberas del Río Bravo para observar las batallas lo más cerca posible, aun con riesgo de su propia vida porque nunca faltaba una bala perdida que llegaba por ahí, como la que en mil novecientos once mató a un tal Jess Taylor, empleado de la *Popular*. Y, bueno, una compañía de bienes raíces de El Paso promocionaba sus terrenos en venta como *fuera de la zona de peligro y al mismo tiempo con una excelente vista del Juárez revolucionario*.

De manera semejante, y aún con mayor riesgo, los juarenses nos congregábamos en las colinas del lado oeste de la ciudad, especialmente en un cerro que nos resultaba una atalaya ideal. Hasta niños y comida llevaban, como a un *picnic*.

Desde ahí vi la batalla en que Villa derrotó a los federales huertistas, en noviembre del trece. Apenas me avisaron que había empezado el tiroteo, corrí a ganar un buen lugar, con el corazón hecho un bombo. Llegué como a las cinco de la mañana, cuando peleaban por el rumbo de la Estación Central del ferrocarril, dentro de una llamarada que parecía precipitar el amanecer y que desparramaba unas lucecitas como cohetes de feria. Había un humo denso que difuminaba las siluetas. La verdad, no veíamos muy bien lo que sucedía, pero de todas maneras lo que alcanzábamos a ver nos mantenía expectantes. Por momentos, hasta se distinguían los toques de clarín sobre el zumbido incesante de las balas, lo que a los niños les encantaba y celebraban. La gente se apretujaba a mi lado, cubriéndose con sarapes y rebozos, los cuellos de las chamarras alzados y los sombreros hasta la raíz de las orejas. Frotaban los ojos soñolientos, echaban vaho a las manos heladas o aplaudían ciertas escenas, nomás por aplaudir y sin demasiada convicción partidista, tengo la impresión. El fuego de los cañones les resultaba también especialmente vistoso.

Ya con el día encima, vimos llegar más villistas —un verdadero huracán de caballos—, bajando a todo galope por el lomerío del panteón, muy cerca de nosotros. No parecían seres vivos sino fantasmales. Cientos de caballos envueltos en nubes de polvo y en un sol radiante que, parecía, también llevaban consigo. Todos con el mismo grito, que revoloteaba en lo alto y agitaba las ramas de los árboles: "¡Viva Villa!" Al grueso de la columna la protegían guardaflancos móviles que se desplazaban a saltos y eran los que más daño hacían al toparse con el enemigo porque le llegaban por todos lados. Una estrategia muy de Villa: cerrar pinzas.

Luego me enteré de que los villistas acostumbraban lazar algunas ramas de mezquite y las arrastraban a cabeza de silla con el objeto de levantar más polvo. Doscientos hombres, con sus ramas a cabeza de silla, daban la impresión de ser muchos más, el doble o el triple, por la polvareda que levantaban. Algo muy teatral, pero efectivo.

No faltaba el que llevaba binoculares y los prestaba. Al tenerlas cerca, las escenas resultaban un poco más reales. De las bocas de los fusiles surgían nubes de humo que al distenderse dejaban al descubierto, como desnudos, rostros de asombro, endurecidos hasta la caricatura. Era notorio que iban ganando los villistas por cómo caían hombres con quepís oscuros, franjeados de oro, y con una borla roja de estambre.

La llegada de esa nueva columna de *dorados* pareció precipitar las cosas, porque lo que parecía un asalto federal se detuvo repentinamente. Sonaban los clarines con órdenes de avanzar, pero las líneas, fundidas en una sola, no adelantaban un paso, con los inútiles 30-30 en las manos yertas. Entonces empezó la desbandada, lo que provocó un alarido general en los espectadores.

Los federales se replegaron al centro de la ciudad, por la calle de Zaragoza hasta el hipódromo, y ahí fue como si se les hubiera aparecido la pelona en persona. Perdieron todo control de sí mismos, ya no se diga del riguroso orden militar. La confusión fue total. Corrían despavoridos en todas direcciones, forcejeando entre ellos, algunos disparándole al cielo, a los árboles, a nadie; otros arrojando sus armas, los quepís, los correajes, las cartucheras. Muy pocos alcanzaron a llegar a su cuartel general, cerca de un edificio que se llamaba *Casa Ketelsen,* y que para entonces estaba prácticamente destruido.

Los espectadores reían, se carcajeaban, comentaban entre ellos señalando a los vencidos más ridículos. Ciertas escenas les resultaban tan hilarantes como aquellas del año once, decían, cuando Villa derrotó a los últimos federales porfiristas y luego, a los que quedaron vivos, los hizo desfilar frente a él en calzoncillos, tiritando de frío porque era pleno invierno.

Ya desde entonces, en algún rinconcito del corazón —y a pesar de lo mal que habían tratado a mi padre, ya te contaré—, me crecía el deseo de unirme a la horda de villistas: nomás por unirme a ellos, por formar parte de ellos, por seguirlos, por demostrarme a mí mismo que no quedaban rastros de mi vocación religiosa, por quizás azotar, incendiar y destrozar lo que encontrara al paso, total, el placer de la destrucción —como el placer de hacer el bien— vale por sí mismo, ¿no?, para qué buscarle causas o razones. O, también, por desaparecer del mundo con ellos —paf, se acabó— dentro de una de aquellas llamaradas enormes como las que acababa de presenciar en la batalla. El desierto me dejó la propensión a buscar una manera espectacular para morir. Algo que aún no podía definir pero que empezaba a tomar forma en mi vida diaria, me crecía por dentro como una planta mala, me provocaba retraimientos, escalofríos súbitos.

Y supongo que por esos mismos deseos tan vivos de unirme a la bola, luego me llegaban las pesadillas por las noches, quién me mandaba andar de caliente. Pesadillas en las que veía muertos de todo tipo y me veía a mí mismo muerto, convertido en una melcocha, en una pestilente y sanguinolenta mazmorra de huesos, sangre, pelos, pedazos de ropa y zapatos, todo revuelto, todo sepultado en el fango. Pero también soñaba mucho con caballos. Creo que los caballos me provocaban las peores pesadillas, con sudor y palpitaciones al despertar. Recuerdo especialmente un caballo negro con tres patas y un muñón sangrante, que brincaba y rebrincaba enloquecido, no paraba de brincar, como queriendo morderse la cola. Soñé con él varias veces y, nomás de recordarlo, durante el día se me descomponía el estómago. Y también soñé con caballos tumbados y varados en la orilla de un río, agitando sus largos pescuezos para buscar un aire que se les iba y emitiendo un relincho que era casi un quejido humano; las patas con movimientos convulsivos y los ojos tristes, suplicantes —¿suplicándome qué?— y apagándose lentamente. O caballos que huían enloquecidos a todo galope por el desierto, por mi desierto, y que me daban mucha pena, ganas de llorar nomás de recordarlos: las bridas volando, azotándoles los hocicos. Curioso que años después, en Columbus, lo único que matara fuera caballos, ¿no?

Aquella batalla del trece, la primera que presencié —tan impactante como mi primera misa—, fue rápida y contundente y terminó por ahí del medio día, hora en que Villa dio por tomada la plaza, instaló su cuartel general en el edificio de la aduana, y nombró a las nuevas autoridades de la federación, a las del estado y a las de la ciudad. También se dijo que sacó cuanto había en los bancos y fusiló a más de cien personas, delatadas como huertistas.

Por la tarde —con un sol que abría una suntuosa cola de pavorreal en el horizonte, contrastante con cuanto sucedía abajo en la tierra— anduve por los hospitales, que no se daban abasto, y por las casas particulares improvisadas como hospitales. Las camillas para conducir a los heridos no alcanzaban y había que hacerlas con ramas y hojas. O sin camilla, a puro lomo. Los arrojaban como bultos sobre el piso, alineados, diez, quince, al final veinte o más en cada pieza. Ya te decía que tenía la intención de ser periodista, o algo así, y tomaba notas que no me servían para nada y que destruía a los pocos días. Los heridos gruñían, lloraban, maldecían, emitían quejidos apagados como en un coro monótono de lamentaciones. Algunos se arrastraban, se empujaban, se arrancaban las vendas, querían salir a respirar aire fresco, morirse de una buena vez.

También fui a echar un ojo a la parte de atrás del hipódromo, por donde habían huido los federales, una zona muy pobre: callejones inmundos, recovecos pestilentes, casas de adobe derruidas, desfondadas, montones de piedras y maderas carbonizadas entre los que a veces aparecía un cadáver, un miembro amputado, una queja a la que acosaba una miríada de moscas. Todos, aun los agonizantes, como a punto de volverse polvo, entrevero confuso, presas del aire que se los iba a llevar.

Por ese tiempo vi tantos muertos que casi me acostumbré a ellos. No sé si tú habrás visto muertos en combate, pero por tu pura expresión de asombro adivino que no. Retorcidos como garabatos, con las manos crispadas o abrazándose a sí mismos, dándose un calor que ya para qué; los ojos botados, reventados por lo último que vieron, opacándose y cubriéndose de moho; la boca entreabierta como emitiendo una última queja imposible, atorada para siempre.

Yo los veía y me preguntaba si de veras ellos ya no verían nada por dentro. O a lo mejor sí y hasta sabían de mí porque me tenían enfrente y con su alma ya desprendida del cuerpo podían ver la escena completa desde lo alto. Aunque ya imperaban en mí las dudas, no podía dejar de recordar ciertos consejos del padre Roque, un jesuita duro como el acero y un verdadero segundo padre para mí. Por ejemplo, uno muy sencillo para expandir el alma: intentar ver simultáneamente, en un momento dado, todo lo que ven los ojos de la raza humana; lo que ven los miles de millones de ojos de la raza humana. Yo lo intenté y sólo conseguí marearme, pero ¿alcanzas a suponer lo que implicaría ese simple vistazo panorámico al mundo? La realidad dejaría de ser sucesiva, se petrificaría en una visión absoluta en la que el "yo" desaparecería aniquilado; es cierto, pero esa aniquilación ¡qué llamarada triunfal! ¿Por qué protegernos —y con una cotidianeidad tan insulsa como en la que caí yo apenas terminó la Revolución— de esa experiencia última, que en realidad es la primera puesto que la tienen casi todos los niños? Exista o no un dios personal, no podré renunciar nunca, nunca, al sentimiento de que aquí, pegada a mi cara, entrelazada en mis dedos, puede haber una como deslumbrante explosión hacia "lo otro" o de "lo otro" hacia mí; algo infinitamente cristalino que podría cuajar y resolverse en una visión total, sin tiempo ni espacio. ¿Será? ¿Será también de veras que, como he pensado tantas veces, la historia del mundo brilla en cualquier botón de bronce del uniforme de cualquier policía que disuelve una manifestación —sobre todo ahí—, y en el instante en que nuestro interés se concentrara absolutamente en ese botón (el tercero contando desde el cuello), veríamos todas las manifestaciones callejeras y todas las luchas del hombre con el hombre que en el mundo ha habido y, lo que es más importante, su resolución o su falta de resolución, que para el caso es lo mismo? ¿Por qué entonces limitarnos a una sola lucha y volverla trágica por nuestra pura participación personal? Bah, yo sólo participé en una: la invasión a Columbus, y aquí me tienes, viviendo y bebiendo de contarla una y otra vez, enriqueciéndola y enriqueciéndome, repujándola con nuevas anécdotas, engrandeciéndola hasta lo heroico para atraer más y más clientes a este mugroso bar —que además se llama *Los Dorados*—, demostración palpable de que cuanto he intentado de trascendente y superior en mi vida se me queda en las manos, dejándome sólo una fina e inútil lluvia de polillas muertas.

Mira, acompaña tu *Jack Daniel's* con una cerveza, ándale. Cómo no agradecerle al creador de los cielos y la tierra también la cerveza. Ábrela, sírvetela lentamente en el tarro, con mucha espuma, así, con esta espuma tan blanca que burbujea, se infla y termina por romperse en pequeños cráteres. Un trago de *Jack Daniel's* y un trago de cerveza, salud.

Ya supondrás que las emociones del burdel resultaban pálidas junto a las de la guerra, y mientras estuvieron los villistas en Juárez no hice sino espiarlos cada vez que podía, quizá ya con la premonición de que tarde o temprano me les tendría que unir. Estuve en la Estación Central del ferrocarril a los pocos días, cuando partieron rumbo a Tierra Blanca. Había una hormigueante animación bajo la ventolera que lo cubría todo de polvo.

La figura de Villa en su caballo tordillo parecía hecha de un macizo bloque de madera, rudamente tallado, ya con algo de estatua desde entonces, sonriente y cachetón, los ojos achinados como dos destellantes cicatrices, los bigotes lacios y un rudo cuello, ancho y sanguíneo. No había duda de su apostura y de su halo de caudillo del pueblo. Quién iba a decirme entonces que unos cuantos años después lo conocería en circunstancias tan distintas, cuando ya se había desmembrado la División del Norte y Villa andaba por la sierra en plan de guerrillero. El amigo que me llevó con él me advirtió que no me le acercara mucho porque desconfiaba hasta de su sombra. Nunca dormía en el mismo sitio, comía de espaldas a la pared con la pistola a un lado, no probaba bocado sin antes dárselo a un lugarteniente, y ordenaba toda clase de vigilancias y espionajes.

—Todo iba bien mientras Villa la llevaba ganada —me decía mi amigo—, y todo el que andaba con él tenía dinero y buenos caballos y casa en cada ciudad a donde entrábamos. Pero se vino el pleito con Carranza, la derrota en Celaya, la mala suerte de la expedición a Sonora, y ahora todos dicen que Villa es un bandido y que nosotros nomás andamos robando vacas... Cierto que sí porque algo hemos de comer, pero no es para que ahora nos echen bala hasta los que antes fueron amigos. Y luego que con los carrancistas hay muchos generales que fueron de nosotros y ahora nos persiguen...

También me dijo, con toda claridad:
—Por las noches Villa nos deja acampados, revisa bien a ver si no falta alguno y luego se monta y desaparece. Nadie puede seguirlo

porque le avienta un plomazo. Aunque te den ganas de una necesidad, si crees que él pueda andar por ahí, no te muevas, aguántate, quédate donde estás, porque si vas a un arroyo o te acercas a una cueva a lo mejor él está cerca, cree que lo andas espiando y no te perdona...

No le hice caso a mi amigo y, en efecto, apenas tuve una necesidad imperiosa corrí al rumbo del arroyo para meterme en el matorral más tupido y alto, con la mala suerte de que me encontré a Villa ahí mismo, en la misma situación que yo. Era la primera vez que me encontraba con él y, al descubrirme, con toda seguridad se desconcertó, porque en lugar de matarme en ese momento, como temí y era de esperarse, hasta se sonrió y luego nomás dejó de mirarme y miró para otro lado.

Pero eso fue después, porque aquella mañana de noviembre del trece en que iba a partir a Tierra Blanca todavía lo vi desde muy lejos, montado en su caballo tordillo y con su aureola de grandeza impoluta porque acababa de ganar una batalla y tenía enfrente una hilera de soldados muy firmes, con sombrero de fieltro gris de ala doblada, camisas a rayas sin cuello, pañoletas, cananas amarradas a la cintura. Todos reverberando en forma magnífica dentro de la franja de calor de la mañana.

—¡Vámonos a Tierra Blanca! —gritaban, con unos gritos que eran como pájaros que volaban a anunciar la batalla inminente.

En los cuarteles, en las caballerizas, la tropa había recibido la orden de marcha y lo preparaba todo con hormigueante animación.

La infantería aceitaba los rifles y recogía su dotación de cartuchos, de agua, de pinole. Rodaban los cañones en fila, jalados por mulas rengas a las que azuzaban los soldados más jóvenes, al frente un cañón llamado el *Chavalito*, con su prominente nariz apuntando ya a los límites del cielo y de la tierra, como si fuera el verdadero conductor de la comitiva. Se formaban las filas entre gritos y gesticulaciones y empezaban a removerse como largas culebras. La tropa de caballería que salía de la estación parecía no tener fin —ah, aquella caballada de Villa—, acariciaba con sensualidad las crines de los caballos, los llamaba por su nombre en tono dulzón, aseguraba con firmeza las monturas. En las voces, dijeran lo que dijeran, había esa vibración anterior a una batalla, los ojos les relampagueaban.

Los trenes resultaban insuficientes para contener tantos hombres dentro y muchos de ellos se instalaban en los techos, improvisando con ramas y cobijas multicolores tiendas de campaña.

—¡Vámonos a Tierra Blanca!

Los trenes, al arrancar, eran como serpientes que despertaban. Había algo vivo en el chirrear de sus articulaciones de hierro, en el vapor que jadeaba al escapar de los émbolos, en sus agudos silbatos cargados de esperanza.

Pero aunque a mí la bola me jalara del corazón, la verdad es que los villistas torcieron feo a mi padre. Resulta que al entrar Villa a Chihuahua, los hombres más ricos que ahí había se largaron con las tropas huertistas y se llevaron lo que de más valor tenían y sólo quedaron unos cuantos, entre ellos don Luis Terrazas —ya con más de ochenta años encima—, con quien trabajaba mi padre. Como se negara a descubrir dónde había ocultado la reserva de su banco, que ascendía a medio millón de pesos en oro, el propio Villa sacó de la cárcel a don Luis una noche, lo montó en una mula y lo colgó de un árbol en el desierto. Ya a punto de morir, hizo una seña para que lo descolgaran y confesó que el dinero estaba en una columna del Banco Minero, pero no se acordaba en cuál. Allá fueron, y todos —villistas y empleados del Banco, incluido mi padre— le metieron mano a las columnas con zapapicos, hasta que lo encontraron. Les cayó como cascada de oro encima, ante el júbilo incontenible de los villistas. Se lo llevaron a su cuartel general, en unas de las casonas del Paseo Bolívar, pero días después inventaron que los empleados del Banco se habían robado algunas monedas. O muchas monedas, no sé. Me hubiera parecido muy bien —ladrón que roba a ladrón—, pero la verdad es que no lo hicieron, por lo menos mi padre no lo hizo. Dentro de una verdadera pesadilla, me contó mi madre, un grupo de villistas irrumpió una noche en mi casa y buscó bajo las duelas del piso, en los techos, en los colchones, en los cajones, en los roperos, abajo de los muebles, destruyéndolo y revolviéndolo todo. Lo hacían, decían, en nombre de la Revolución y para dar ese dinero a los pobres, hijos de puta. Como no encontraron nada, a mi padre casi lo matan. Quedó tan fregado que ya no pudo trabajar y mis hermanos y yo tuvimos que buscar para el chivo.

Y sin embargo, con esos antecedentes, yo terminé yéndome a la sierra con Villa, ¿puedes entenderlo? Déjame contarte cómo fue que me decidí a hacerlo, y cuánto me influyó mi chavala, Obdulia, pero antes me vas a aceptar otra copa, a fuerzas; ah, sí. Yo estas cosas no las puedo contar sin beber; será por la costumbre, tú. Así, a estas horas, antes de abrir el bar, sin tanto ruido, es cuando mejor me concentro y los recuerdos se me vienen solitos, en avalancha, pero necesito ambientarme con un trago. Que dizque es muy temprano, y qué: el estómago no tiene reloj y lo importante es el ánimo con el que se bebe. Allá en la sierra sólo lograba despertarme con un largo trago de sotol y nunca padecí el más mínimo malestar, el más mínimo. Era el sotol el que me quitaba los malestares, así es de noble.

III

A Obdulia, que sería mi chavala y me acompañó a la sierra con Villa, la conocí la noche en que llegué al burdel. Te cuento.

Mi tío se hacía pasar por socio del Chino, pero lo trataba tan mal que dudo que de veras lo fuera. En ocasiones, hasta gritos le pegaba. El Chino le ha de haber dado cualquier cosa por sus servicios y, además, le hacía el favor de no desmentir el cuento ése de que mi tío era su socio.

—Señor Ruelas —le dijo la noche en que me lo presentó—, éste es mi sobrino, Luis Treviño. El chico de quien le hablé, ¿recuerda? A partir de hoy estará con nosotros los viernes y los sábados. Lo voy a poner en la calle con una linterna porque muchos clientes se quejan de las dificultades para encontrar la casa, además de que nos mandará clientes desde el hotel *Versalles,* donde trabaja de *bell-boy.*

—Que nos ayude a encontrar enanas —dijo el Chino, despectivo.

Era pequeñito, de huesos frágiles como de pájaro. Una menuda pelusa cubría su cabeza y una cicatriz, recta y rosácea, seccionaba su amplia frente: producto del botellazo de un cliente, me enteré luego. Habló de una cantidad de dinero que mi tío puso enseguida a discusión, muy indignado, y el Chino terminó con unos aspavientos nerviosos mientras pedía —ordenaba— que fuera yo a ponerme de acuerdo con doña Eulalia.

Ella sí que era amable, y hasta yo diría que demasiado para aquel lugar horrendo. Chaparra, con unos ojos que eran un burdo trazo de tinta negra y unas caderas ampulosas que columpiaba al andar. Llevaba siempre una flor artificial, de plástico, en la cintura; una flor de corola grande, con el tallo erizado amenazando el estómago. Su flor de la buena suerte, decía. Me cayó muy bien y la llegué a estimar. ¿Cómo suponer en aquel momento que doña Eulalia podría terminar por convertirse en mi suegra? Me pellizcó una mejilla, que yo sentí arder más de la vergüenza que del dolor, y ofreció pagarme una compensación según mis méritos. Me mandó a la cocina para que cenara algo, que preguntara por una tal Obdulia.

No he conocido muchos burdeles, pero creo que el éxito de aquél se debía en buena parte a la amabilidad de doña Eulalia. También mi tío, hay que reconocerlo, tenía muy buen trato, aunque él notoriamente forzado. Con su voz dulzona, el pelo tieso con una perfecta raya enmedio, la gran moña negra de la corbata deslizando sus puntas bajo el cuello, los dedos manchados de nicotina yendo y viniendo sobre la suavidad del bigote canoso, daba más la impresión de un maestro de ceremonias que la de subgerente de un burdel en la frontera.

Lo que vino tiempo después quedó dentro de mí como una lámina mal impresa, con los colores corridos, pero aquella noche es nítida. Crucé un pasillo como de sueño en el que miradas ávidas me acosaban, me exigían una respuesta por más que yo clavara los ojos en el piso o me limitara a sonreír ingenuamente. Sentía que una fuerza extraña —desconocida hasta entonces; la masturbación era otra cosa— ganaba terreno en mi interior, se abría camino entre nervios tensos y viejos temores. Pero cuando estaba a punto de entregarme a la sensación, de permitir que aflorara a la piel abiertamente, algo me regresaba al punto de partida: un olor a sudor, unos párpados marchitos, un exceso de colorete, un holán manchado, un gesto demasiado blando o demasiado burdo. No lo vas a creer, pero aquella noche hasta los ojos pizpiretos de las enanas me ruborizaban, me hacían correr culebritas de la cabeza a los pies.

La cocina estaba adaptada para recibir a ciertos clientes exclusivos, te decía, y además de una estufa de carbón y una mesa y sillas, en una esquina había un sofá de raso y un fonógrafo con una bocina en forma de azucena. Ah, y una hornacina con su veladora, frente a la estampa dorada de la Virgen inclinada sobre el Niño. ¿A quién pudo ocurrírsele ponerla en aquel lugar?

Una jovencita con trenzas y moñitos, la mirada velada por unas gafas de incontables dioptrías, flacucha, con aire de aburrimiento y manchas de sueño andándole por el rostro, hojeaba una revista sentada a la mesa, ante una vela a punto de consumirse. Me sonrió blandamente y me invitó a sentarme. Fue a la estufa y en un plato hondo sirvió un caldo que humeaba. El fonógrafo rascaba con dificultad, empujaba apenas lo suficiente para que salieran al exterior la música y las palabras gangosas de lo que parecía una polka norteña.

—¿Vas a trabajar aquí? —me preguntó, mientras yo comía mirando el plato.

—Sí.

—¿En la puerta, con la linterna?

—Por lo pronto.

—Ojalá no sea por mucho tiempo.

Sus ojitos negros, muy lejanos por los lentes, me miraban como a través de una pecera.

—Parece que también voy a ayudar a servir las copas.

—Insiste en ayudar al Chino a servir las copas, más te vale. Dios mío, aunque te deje buenas propinas, es un trabajo pesado el de la linterna, te lo advierto —el tema la avivó notoriamente—. Hay que estar todo el tiempo de pie, en el frío, ahora en invierno. Y cruza los dedos para que no nieve. Si nieva, te mueres. Por eso nadie dura en ese puesto. Ese puesto, y el de conseguir enanas, son los más difíciles de aquí.

—También me pidió el Chino que lo ayude a conseguir enanas.

Miró hacia lo alto y redondeó sus labios carnosos, suspirando. La luz de la vela le bailaba en los vidrios de los lentes, le convertía los ojos en dos pequeñas flamas.

—Hubo un chavalo que conseguía enanas, pero lo golpearon horrible una noche y se fue.

—¿Quién lo golpeó?

—No te sé decir exactamente, pero parece que fueron amigos y parientes de una de las enanas. Incluso creo que en el grupo que lo golpeó había algunos enanos.

A mí el halo amarillo de la luz de la vela me adormecía. Además, me empezaban a nacer serias dudas sobre el trabajo que acababa de aceptar, y no solamente por las molestias de estar de pie, en el frío, con la linterna, o por el riesgo de meter de putas a las enanas y que me pudieran golpear unos enanos. Era algo diferente, más interior. Algunas personas entraban y salían de la cocina, creo. La púa rascaba en el disco concluido, dentro de la campánula polvorienta de la bocina.

—¿Por qué viniste aquí? —preguntó ella en un tono que nos acercaba.

—Vine con mi tío Carlos. ¿Lo conoces?

—El nuevo ayudante de mi mamá, ¿no?

—¿Doña Eulalia es tu mamá?

Obdulia asintió con la cabeza, repentinamente apenada, escondiéndose, dejando caer los párpados sobre la mano que tenía en la mesa. ¿Y qué edad tienes? Dieciséis, contestó con un hilito de voz, mirándome por entre las pestañas. Estudiaba en un internado público y estaba de vacaciones. Sí, siempre pasaba las vacaciones ahí, con su mamá, en el burdel, ni modo. Durante la época de clases no salía del internado, tan aburrido. La empecé a observar con atención: no era bonita, pero tenía algo que me atrajo profundamente. Los labios sobre todo, eran tan carnosos. Sí, le gustaba estudiar; bueno, algunas materias, otras eran latosas. También había ahí, rodeando su cuello, en las venas palpitantes, viniendo desde la sombra tibia de la blusa, una zona donde adivinaba yo un deseo fresco en ella, incipiente, recién nacido quizá. Quería estudiar para enfermera, su mamá estaba feliz y le daba todo el dinero que necesitaba para sus gastos, tan buena.

Yo tenía los ruidos del recibidor y de la sala —muy especialmente las carcajadas— en la nuca. Pero de pronto nada me importó y casi me fui sobre la mesa para tener a Obdulia más cerca y verla bien, metiéndome dentro de la vela. Clavé la mirada en sus labios bellísimos, inocentes, sin gota de pintura, y por primera vez sentí un vivo anhelo de tocar aquello que me excitaba y no sólo guardarlo como imagen en la memoria, como motivo para las puñetas que me hacía de tarde en tarde, mi vicio invencible. Ella seguro lo notó porque le pasó la lengua a los labios, encendiéndolos ligeramente.

Se puso de pie, con una mano en la cintura y la otra en el respaldo de la silla, con las trenzas apenas agitadas acariciándole el cuello. Sus ojos despedían un fulgor abiertamen-

te coqueto pero dulce y yo diría hasta inge-
nuo, por lo menos así me lo pareció aquella
primera vez en que se lo descubrí. Una franja
de enagua le andaba alrededor de unas pantorrillas delgadas y duras, muy morenas.

—¿Quieres un café?

Yo también me puse de pie y una olea-
da de calor me subió a la cabeza al quedar los
dos tan cerca.

—No puedo. Mi tío me espera, gracias.

Alargué una mano tímida y Obdulia la
tomó entre las suyas y la dejó ahí, prisionera,
obligándome a transmitirle, a través de la piel,
mis sentimientos más reprimidos y guardados,
aun los más secretos. Con naturalidad, se acercó y me besó en la mejilla, muy suavemente.
Sentí, cómo decírtelo, que algo se rompía en
mi interior y me arrasaba, me impedía detenerme a averiguar lo que estaba yo viviendo,
como antes, cuando el deseo era un simple
juego de espejos.

Eso fue todo, pero suficiente. Una sensación desconocida, de vértigo y voluptuosi-
dad a la vez, bulló dentro de mí. ¿Cómo pude
haberme tardado tanto en conocer una sensación así, Dios Santo, dónde tenía la cabeza,
dónde había puesto los pies? ¿Y por qué lo fui
a descubrir con una chavala tan jovencita y
flacucha, con esos lentes que la mantenían
lejos del mundo, dentro de una como gruesa
esfera de cristal? ¿Es que yo le adiviné algo que
los demás no veían y que estaba reservado para
mí? Ah, los caminos inescrutables del amor,
amigo mío. Sólo me atreví a besarla, a realmente

besarla, varios días después, y dentro de un desconcierto aún peor que el de esa noche en que la conocí. Déjame contártelo mientras parto este trozo de queso para que no vaya a darnos una cirrosis hepática, Dios nos libre.

Después de salir del hotel, cuando no tenía que ir al burdel, me instalaba en una cantina en la Lerdo, sucia y en ruinas, llamada *El rey de copas*. Me había hecho dueño de una mesita del fondo, porque de todas maneras casi siempre estaba vacío el lugar, junto a una ventana empañada de grasa, cerrada contra una ciudad de nieblas y fantasmas, como era el triste Juárez aquél. Por un par de cervezas que prolongaba durante horas, compraba el derecho a examinar los fracasos de la noche anterior, las esperanzas e intuiciones de la próxima y le escribía versos a Obdulia en un cuaderno de tapas azules que destruí —por pendejo, como supondrás, todavía hoy me doy de topes— apenas regresé de la sierra, después de lo de Columbus.

Una noche en que tenía unos minutos de descanso para tomar una taza de café en la cocina del burdel, saqué mi cuaderno y me puse a leer lo que acababa de escribirle, cuando la descubrí a ella misma parada atrás de mí, con esa actitud que tenía como de falsa indiferencia, con una mano en la cintura y una trenza con sus moñitos andándole por la cara. El corazón se me desbocó.

—A ver —me dijo, extendiendo la mano para quitarme el cuaderno.

—No.

Nunca se lo hubiera dicho. Sin más, se lanzó como una tromba sobre mí y entre borbotones de risa trató de sacarme a la fuerza el dichoso cuaderno. Lo escondí a mis espaldas, visto lo cual Obdulia me abrazó por la cintura, me trabó los movimientos y me buscó las dos manos escondidas. Al hacerlo, apoyó la cabeza en mi hombro y sentí el aroma de sus trenzas (un olor medio amargo pero limpio, como de mata salvaje), y yo creo que la olí de tal forma, tan penetrantemente, que logré turbarla. Rompí al fin la cadena de aquellos brazos y levanté el cuaderno en el aire; pero Obdulia se irguió sobre las puntas de sus pies y aún trató de alcanzarlo, apoyándose toda en mi pecho. ¿Qué hice entonces? Pasé el cuaderno por atrás de ella y quedó sin remedio como la prisionera de mi abrazo. La besé largamente —todavía hoy, siendo un anciano, me paso la lengua por los labios, mírame, y regresa muy viva la sensación—, al final de lo cual ella soltó una carcajada y salió corriendo.

La besé, pero no me le había declarado y yo suponía que por no habérmele declarado luego ella se volvía tan evasiva y no se terminaba de entregar. Las palabras son las que amarran con uno a la mujer, sólo que no me salían y quería tragarme la lengua cada vez que tenía a Obdulia enfrente.

Recuerdo una ocasión en que la acompañé a pie al puente y le expliqué por qué ese puente era para mí como una línea mágica que no debía cruzar.

—Qué cosa más rara —dijo ella—. ¿Pues qué crees que hay allá?

No podía mentirle, podía parecer ridículo en aquel momento, pero no podía mentirle.

—El demonio —le contesté con mi voz más firme.

Y me puse a hablarle del seminario de Chihuahua y de mis lecturas de historia y de mis ideas políticas. Creo que no me comprendió del todo —o no me expliqué bien— porque detrás de sus gruesos lentes abría unos ojos muy redondos y en algún momento dijo que, le parecía, en todas partes había gente buena y gente mala, lo que acabó de encender mi indignación.

—Es posible. Y es posible que por esa bondad que caracteriza a los gringos tengan convertido a Juárez en una cantina al aire libre. Y que por bondad, ¿por qué otra cosa iba a ser?, ofrendaran su sangre en mil ochocientos cuarenta y seis, acuérdate, cuando el ejército mexicano invadió Texas. Y por bondad en mil ochocientos cincuenta y tres se apropiaron de La Mesilla, para construir ahí un ferrocarril que beneficiara a toda Latinoamérica. Y por bondad en mil ochocientos noventa y ocho se quedaron con Cuba y Puerto Rico, para poner coto a las tropelías incalificables del general español Valeriano Weyler. ¿Qué fue sino la bondad la que movió al embajador Lane Wilson a provocar la caída del presidente Madero?

Yo iba decidido a declararme, pero en lugar de hacerlo me puse a hablarle de mis ideas políticas y sociales, y cuando intenté rectificar el camino era demasiado tarde porque para entonces ella parecía más bien fastidiada y hasta medio ausente.

Atravesamos una tarde fría, con un cielo muy bajo y gris, viendo golpear en el barro de las calles las últimas hojas de los árboles negruzcos y despojados, sintiendo en la cara las volteretas casi visibles del viento. A veces regreso a hacer el mismo recorrido y, te juro, el tiempo da una maroma y las casas actuales, las fachadas blancas, los sólidos portones, vuelan por los aires hechos añicos y su lugar lo ocupan aquellas casas de entonces, achaparradas y de adobe, entre grandes terrenos baldíos enlodados, con cercas de madera y en los porches esqueletos de enredaderas; el humo de las estufas de leña rígido y hundido en el aire frío del invierno. En las ventanitas cuadradas resplandecen de nuevo velas de sebo y familias enteras toman el fresco en la noche en plena calle, una costumbre de lo más sana que se ha perdido en Juárez. Si me dejo llevar por el recuerdo, hasta la luz que veo es otra, totalmente otra, como depositándose más suavemente en la tierra y en el cielo.

Yo pretendía decirle que la quería, era lo que más quería decirle aquella tarde. Por eso la acompañé y le pedí que camináramos muy despacio. "Tengo que decirle que la quiero, tengo que decírselo o me voy a sentir un idiota." Y me sentí un idiota porque no se lo dije. Conforme nos acercábamos al puente, yo me desesperaba más. "Faltan diez cuadras, faltan cinco, faltan dos, idiota."

Era tan sencillo:

—Obdulia, te quiero. En efecto, no te dejé ver mi cuaderno porque ahí lo escribí. Te quiero y quiero estar junto a ti siempre.

¿Qué podía haberme contestado?

—Yo también te quiero. Acepto ser tu novia.

O:

—No sé, déjame pensarlo.

O:

—No me gustan tus dientes pero me caes bien, mejor sólo seamos amigos.

O:

—La verdad es que estoy enamorada de un chavalo gringo que conocí en El Paso.

O:

—Mi mamá no me deja tener novio porque sólo tengo dieciséis años. Ahí donde la ves, pues mi madre es una puritana reprimida y me quiere poner un cinturón de castidad.

Cualquier respuesta era mejor a quedarme con mi declaración de amor atorada en la garganta, como sucedió finalmente. Porque, además, como lo habrás supuesto por mi timidez característica, ya no hubo oportunidad de decírselo, y tuve que tener relaciones sexuales con ella —las primeras de mi vida— sin siquiera habérmele declarado, lo que siempre es cuesta arriba, pienso yo.

IV

Dentro de aquel revoltijo de sentimientos e ideas encontradas en que vivía, deduje que tenía que estar con otra mujer antes que con Obdulia: necesitaba experiencia, alguna experiencia, aunque fuera mínima, imposible hacer con ella mi Primera Comunión, como decían en el burdel. Imposible volver a besarla siquiera sin antes rasgar la fina tela de mi ignorancia y mi timidez. ¿Y si después del beso nos precipitábamos hacia otra cosa, como había oído que sucedía, qué actitud tomar, cuáles pasos dar?

No me atrevía a meterme con una de las mujeres del burdel del Chino porque la propia Obdulia podía enterarse, además de doña Eulalia, quien podría terminar por convertirse en mi suegra, casi nada. Así que una noche me fui a unas cuantas cuadras de ahí, a la calle del Cobre, en donde las putas —las más baratas de la ciudad— andaban ofreciéndose, contoneándose, afuera de sus casuchas, entre soldados, albañiles, borrachines o estudiantes; todos desastrados, fantasmales, pisando con inseguridad el barro de la calle y fumando unos cigarrillos flacos y deshilachados. Hasta eso, ahí iban poco los gringos, esa ventaja tenía la calle.

Había un único farol en la esquina y no logré elegir bien, ése fue mi error. O a lo mejor con cualquier puta me hubiera sucedido lo mismo, cómo saberlo. Esa noche me sentí en el mero mero fondo de la situación tan angustiosa en la que vivía.

Ya el muestreo grotesco de pechos y piernas, los contoneos, el halo de hastío y de agror, empezaron a deprimirme.

Una puta flaquísima, ajada, con unos ojos sin fijeza, hundidos en sus órbitas, encerrados en círculos de pintura que contrastaban con las mejillas como encaladas, me abordó y me tomó por un brazo.

—A ver batito, güerito, véngase a echar conmigo un burrito. Toque aquí, toque. ¿Eres de aquí, de Juaritos, o eres gabacho?

Sentí el hueso de la cadera, agudo, en la palma de la mano. Le conté que trabajaba con el Chino Ruelas pero que prefería a las putas como ella, de esa calle suya, más cachondas. Se rió y su rostro pareció descuadrarse. Llevaba una bufanda de estambre color rata y unas pulseras tintineantes corridas hasta el codo. Pensé que era mejor meterme con ella, la primera que me abordó, que seguir buscando por ahí, con la turbación que me provocaba la cantidad de ojos incisivos a mi alrededor. El problema fue que no la vi bien por la poca luz, te digo. Además, suponía que si me concentraba en el recuerdo de Obdulia iba a poder y, quizá, hasta a gozarlo.

—Vamos pues, güerito. Pa'l plato de frijoles de mañana. Nomás no pidas circo, maroma y teatro.

Pagué por adelantado y la puta se arregló en voz baja con otra —más vieja, más pintada y más gorda— a la entrada de una de las casuchas.

—Pero que sea la última vez —alcancé a escuchar que le dijo la vieja.

Ella corrió una cortina y entramos en una pieza con unos colchones raídos, con tumores de paja, bajo la luz turbia de una lámpara de queroseno colgada en el techo que, al mecerse, creaba sombras largas en las paredes escarapeladas, como altos fantasmas. Había una bacinica en una esquina, con rollos de papel sanitario y una botellita de alcohol al lado. Una mesa de madera mal pulida tenía una jarra de café y restos de comida. Recibí el olor penetrante, agrio, como un golpe en la cara. Pensé que así debían de verse las cosas un instante antes de desmayarse, aunque por suerte yo nunca me había desmayado.

Ella se sirvió café en una taza con una actitud de fastidio.

—A ver papacito, batito, güerito, sea buenito, quítese los pantalones, ándele; vamos a darle una limpiadita a su cosita bonita, o se acaba el tiempo sin hacer nada, ni un brinquito siquiera porque usted no se apura.

Y vuelta a lo que me había sucedido en el burdel del Chino, puta madre. Apenas alcancé a llegar a la bacinica a vomitar. Al asomarme a ella —con mierda hasta en el borde—

se me acentuó el arqueo. No encontraba de dónde detenerme porque hasta las paredes manchadas me daban asco; crispaba las manos en el aire como si buscara una agarradera invisible y me limpiaba la boca y la frente con las mangas de la camisa. Estaba sudando a mares.

La mujer, parada frente a la mesa, rascaba con un tenedor un plato y mordisqueaba algo que no alcancé a distinguir. La piel tirante de su rostro enharinado hacía resaltar los huesos de los pómulos y del mentón.

—Ya se chingó la Elvira con lo que le quedaba de cena, quién le manda —dijo.

Levantó sus ojos sin fijeza, que miraban como a través de los objetos, sonrió sin dejar de masticar y recogió con la punta de la lengua una migaja de los labios. Masticaba con poderosos y crujientes movimientos de las quijadas, como si triturara huesos de pollo (quizá era lo que trituraba, aunque lo dudo). En su bufanda de estambre, deslavada, color rata, se enredaban briznas de la luz del quinqué.

—Ya se te fue el tiempo, papito, güerito bonito. No deberías empedarte así.

—Perdóneme.

Iba a salir, pero ella se me cruzó con su cara enjalbegada y los brazos en jarras. La furia exacerbaba la turbulencia de sus ojos y una arruga profunda le partía la frente.

—Y qué, yo voy a limpiar la guacareada jija de la chingada que dejaste ahí, papacito. Ni madres. Porque la Elvira me va a decir: la limpias, cabrona, el cuarto estaba hecho un espejo cuando entraste. Y yo le voy a decir que lo ensució el papacito con el que estuve y ella de todas maneras me va a hacer limpiarlo, eh.

Algo así me dijo y yo, que me seguía sintiendo muy mal, saqué un billete del bolsillo y se lo di. Ella lo tomó, lo hizo bolita y lo tiró al suelo, con brusquedad. Sus ojos hundidos chisporroteaban.

—No es por tu pinche dinero, pendejo. Es-porque-yo-no-quiero-limpiar-tu-guacareada-no-se-me-da-la-gana-de-limpiar-la-guacareada-de-nadie-eh.

Di dos pasos hacia atrás al sentir que ella se me echaba encima y me respiraba en la cara una vaharada agria. Se contraía, desfigurada, con el peso de la furia y del cansancio en los párpados atezados por la pintura.

Me paralizó el miedo. Mi mujer dice que Dios me va a castigar por haber matado gringos y que en el más allá voy a tener que enfrentarlos a todos, uno por uno, y sólo descansaré cuando tengan a bien perdonarme. Es posible, pero aún hoy a lo único que tengo verdadero miedo es a volver a enfrentar aquel rostro horrendo de la mujer con la que —nomás ve— estuve a punto de iniciarme sexualmente.

—Está bien, pero ¿con qué limpio? —le pregunté con lo que debió ser un hilito de voz.

—Con esto, pendejo, con qué si no.

Y me puso en la mano un rollo de áspero papel sanitario.

V

Qué años aquellos, amigo mío. Vamos a llamarlos años de una disponibilidad desesperada que en realidad era espera pura, admisión pura, en el límite de una horrenda alegría o de un jubiloso horror, por decirlo en forma que no te deje lugar a dudas.

Felizmente disponemos del *bourbon* para guiarnos en nuestras tinieblas y aclarar nuestros recuerdos. ¿Sientes la luz viva, dorada, que se nos introduce en el cuerpo al beberlo? Pero dale un trago largo, por Dios, deja de chiquitearlo, ni yo, que te doblo la edad y hace más de cuarenta años tengo prohibida la bebida por un principio de cirrosis hepática, bah.

¿En qué estábamos? Perdóname, compréndeme, a partir de que empieza uno a tentalear en las nieblas de la vejez se le enredan los recuerdos y no hay manera de sacarlos en orden. Aunque eso de poner orden en los recuerdos me suena como a disecar pájaros. Ya ni siquiera estoy muy seguro de que las cosas hayan sido tal y como las digo, pero también eso qué más da. Las cosas no son como las vivimos, sino como las recordamos, dicen. A veces, en ese sueño que es y no es, duermevela que disuelve la frontera entre la vigilia y el dormir, se me vienen imágenes que me pregunto si corresponderán de veras a mi propia vida, o por lo menos a mi vida pasada, ya que me veo en situaciones que desconozco, que desconozco del todo. Ya no logro dormir —duermo tan mal siempre—, el cuerpo con escalofríos, preso en el embrujo. ¿Será que me veo ya en alguna vida futura, tú? A mi edad, debe de quedarme muy poco tiempo para dar el brinco, pero no por eso siento menos miedo de darlo. ¿Y yo fui aquel joven con dos cananas que le cruzaban el pecho y se las daba de muy valiente y despreciaba la vida y la muerte, Dios Santo? Ahora, ya viejo, es cuando llegan a rodearme terrores que no son míos, gritos nocturnos inexplicables, apariciones fantasmales repentinas, sustos que se alzan sin ninguna explicación. Explicación en la que, además, ya no creo. Nada de lo que es importante en nuestra vida puede ser explicado; todo lo importante debe arrastrarse inconscientemente con uno, como una sombra.

Una tarde llegué al burdel y encontré a Rosalía —una de las putas más guapas que había en el burdel, altota, caballona, con una frondosa cabellera negra y unas piernas magistralmente torneadas—, sentada en un banco y tendida sobre la barra, frente al Chino, en actitud de derrumbe total, con la cara desfigurada por la pintura corrida. Balbuceaba, lloraba a borbotones, entre babas y sollozos. El

Chino abría mucho sus ojitos sagaces al escucharla, la cicatriz rosácea de su frente se crispaba, y respondía y preguntaba, muy preocupado, con una voz aguda que parecía de lorito. Resulta que, por la mañana, los gringos habían quemado vivo a un grupo de mexicanos en el puente, rociándolos con queroseno y luego prendiéndoles fuego, y entre ellos iba el hermanito de Rosalía, de apenas doce años, quien se dedicaba a pasar una y otra vez el puente para bañarse y sacar pases que luego revendía; trabajito muy de moda entonces entre los chavalos juarenses, porque no faltaba quien pagara cualquier cantidad de pesos con tal de no bañarse al pasar el puente.

¿Supiste tú de aquellos "baños profilácticos", como los llamaban los gringos?

En tiempos tan difíciles dentro del país, era inevitable que muchísimos mexicanos —sobre todo campesinos, imposibilitados para trabajar en las faenas agrícolas y renuentes a participar en la lucha armada; pero no sólo campesinos, te aseguro que había de todo, hasta catrines que de golpe habían perdido cuanto tenían— emigraran al espejismo de los Estados Unidos. No había día en que no encontraras a alguien que te dijera que ya se iba al otro lado, a ver qué tal le iba allá porque aquí ya no le podía ir peor (y, claro, le iba peor allá). Te estrujaba el corazón ver aquella multitud desatinada y delirante ir rumbo al sueño del puente, moviéndose como un gran animal torpe, por su tamaño, por su pesantez. Bajo la nieve o con ese sol de verano, tan duro, como de plomo. Caravanas de espectros escuálidos, vestidos con harapos, que marchaban sonámbulos tras de una ilusión pertinaz de dicha, de salvación, de vida. Se les apelotonaba en grupos compactos, como de reses, arriados hacia las oficinas de migración, donde los gringos los veían como apestados. Así, precisamente, nos llamaban en los periódicos. Éramos *la degradación, la descomposición, la pudridera, la gusanera.* Y si nos describían, decían: *una frágil armazón de huesos quebradizos recubiertos de un pellejo reseco y moreno.*

El problema era que a esa masa humana no se le rechazaba en forma definitiva, sino que se le trataba de seleccionar, de expurgar, hasta donde era posible, para luego utilizarla —ya desde entonces— como bestia de trabajo. Una bestia de trabajo incansable y barata enganchada por los talleres que laboraban día y noche para vender a Europa, que estaba en guerra, toda clase de productos manufacturados. También en el campo eran útiles ciertos mexicanos: no se quejaban ni se enfermaban, comían cualquier cosa, no ponían remilgos para trabajar de sol a sol los siete días de la semana, siempre aguantadores como ellos solos.

Imposible dejarlos pasar a todos así nomás, *go ahead, paisano,* sobre todo a los que llegaban a pie, tan desharrapados, no fueran de veras a llevar la peste, bastaba olerlos. Por eso se les desnudaba, para echarles un vistazo más a fondo y luego bañarlos, y que de paso sus ropas fueran fumigadas. (Con los que cruzaban en auto o en tranvía, hasta eso, hay que reconocerlo, los gringos tenían un poco más de consideración y a algunos ni siquiera les exigían el baño.)

Se metía a los hombres en un tanque y a las mujeres en otro, y al agua se le agregaba una solución de insecticida a base de gasolina, como al ganado cuando contraía la garrapata, así mero. Miles de mexicanos, hombres, mujeres y niños, pasaron por esa vergüenza, aceptaron ser bañados en los tanques "profilácticos" con tal de colarse al otro lado del mundo, el lado soñado, ahí donde reinaban la felicidad, la paz y la democracia, y no faltaban ni el trabajo ni la comida ni la buena educación para los hijos. Quién podía negarse a tan pasajero sacrificio, que además parecía hasta necesario si se les miraba bien (y olía) al llegar al puente.

Pero que a los agentes de migración de El Paso los teníamos hartos, parece que no hay duda, la prueba fue la quemazón de mexicanos que hicieron, rociándolos primero con queroseno dizque para desinfectarlos rápido, y luego simplemente dejando caer por ahí un cerillito encendido o la colilla de un cigarro, como quien no quiere la cosa, ay perdón. Treinta y cinco mexicanos nomás, junto a tantos que cruzaban a diario a sus tierras de jauja. *El Paso Herald* publicó una pequeña nota en que dijo que habían sido sólo veinte los chamuscados, pero qué otra cosa podía decir, antes dijo algo porque ese tipo de noticias casi no se mencionaban en la prensa norteamericana. Luego, en el periódico villista *Vida Nueva* se habló de que en realidad fueron cuarenta, y cuando Villa alentaba a sus hombres para invadir Columbus manejaba, precisamente, la cifra de cuarenta tatemados.

Yo he querido imaginarme la escena tal como pudo haber sido, pero no lo logro del todo, ayúdame. Quisiera ver perfectamente, con detalle, cómo empezó a darse cuenta la gente de que la estaban cociendo viva. (Hoy en día, en México, me parece, ya nos resulta difícil imaginar una cosa así, y vemos como muy lejanas aquellas tribus de caníbales de por el sur, de por Yucatán, que asaban a sus prisioneros españoles en tiempos de la conquista.) Qué dijeron, qué señas se hicieron unos a otros, cómo algunos hombres, se aseguró, lograron quitarse las ropas encendidas y salvarse, ante la impotencia de la mayoría, sobre todo de las mujeres y de los niños, menos ágiles. Cómo serían las exclamaciones de pánico, los quejidos por las primeras quemaduras, cómo se les prendió el pelo —grandes penachos rojizos dentro de la repentina llamarada—, los ojos, cómo abrirían los ojos, deslumbrados por el fuego que los rodeaba. Trato incluso de imaginar el momento en que se tiraron al suelo, retorciéndose como culebras, y cómo comenzaron a chamuscarse, cómo chisporroteaban, cómo chasqueaban, cómo estallaban. Trato, te digo, pero no lo logro del todo, ojalá tú puedas ayudarme.

A veces pienso que, en fin, por lo menos nosotros en Columbus matamos cerca de veinte gringos, en su mayoría civiles, que es la mitad de mexicanos que ellos quemaron en el puente. Digo, es un consuelo estúpido, pero la desventaja en las cifras siempre la hemos tenido; en eso y en todo, qué le vamos a hacer. ¿Te imaginas que nosotros quemáramos vivos hoy a treinta o cuarenta gringos, cómo iban a responder, qué se iba a decir de nosotros internacionalmente? Aunque no faltaría por ahí alguno que otro país que nos envidiaría. Como nos envidiaron lo de Columbus, ¿tú crees que no?

VI

Cuando estoy aquí solo, antes de abrir el bar, me tomo mi copa y me pongo a releer estos recortes de periódico, a tomar notas —¿te dije que llevo años en el intento de unas *Memorias?*—, pero si no llega la inspiración cambio mi cuaderno por esta baraja, y me juego un solitario. O no juego a nada, nomás me pongo a barajar y a repartirme cartas, así, a ver cuáles me salen. Tú y yo sabemos —porque lo sabemos, ¿no?— de algo que no es nosotros y que juega estas barajas en las que sólo somos... un rey y un siete —ahí están—, pero no las manos invisibles que las mezclan y las arman...

Ahora, a ver, un dos y un as. ¿Le seguimos? Una reina y un diez.

No sé, creo que gracias al *bourbon* empiezo a entrever eso que está más allá (o más acá) de nuestra pobre cotidianeidad, hoy que todo en mi vida es ya, sin remedio, repetición inapelable, la misma copa, la misma carta. Una y otra vez y otra. ¿Pero es la misma carta? Ah, qué tentación ceder a estas redes instantáneas y misteriosas, ¿verdad?, aceptarse dentro de la baraja —mira estas nuevas cartas, otro rey y un cinco— sin más preguntas inútiles, consentir a eso que nos mezcla y nos reparte, qué blando nadar boca arriba sobre un mar en calma.

Pero cuál blando nadar a los veinticinco años, sin haber conocido aún relación carnal con mujer —o con lo que fuera— y con aquella necesidad desasosegada por entregar la vida a algo que me trascendiera. O aunque no me trascendiera, total, pero que me sacara de aquel andar tan caviloso: la mala costumbre de rumiar largo cada cosa, terminaba por paralizarme de angustia. Pero como tampoco podía detenerme del todo, hacía como que trabajaba, como que seguía abriendo la rápida sonrisa, torcida y forzada, ante los clientes del hotel o del burdel, la penosa necesidad de ser simpático para no perder el empleo, la voluntad de imponer a los demás una forma adecuada de respeto, de ser aceptado y reconocido por el pequeño mundo miserable que me rodeaba, uff. El muchacho cumple, responde, ya ganó dos pesos extras este mes, acabábamos de juntar para la operación de mi papá, los villistas le habían dejado la pierna como charamusca. Hacer algo. ¿Arrancarme el pelo, enloquecer, matar a alguien, prostituirme, cogerme a una enana, unirme a la bola, echarles la culpa a mis padres, suicidarme? La acción en todas sus barajas. Suponer que la suma de ciertas acciones podía realmente equivaler a una vida digna de este nombre. Pero como no lo conseguía, valía más renunciar, porque la renuncia a la acción era la protesta misma, y no su máscara. Así, andaba como sonámbulo todo el día y cada vez que podía, por las noches, me quedaba horas en mi cantina de la Lerdo, *El rey de copas* —por lo menos aprendía a beber *bourbon*—, sintiéndome tonto de tan confundido, la mano que sostenía sin necesidad la cara, los ojos adormecidos frente al desfile inconexo de recuerdos y planes épicos futuros, con el puro placer de entregarme a sueños elegidos por absurdos.

Pero, además, en invierno las cosas se me complican —y más en aquel invierno del año quince, tan lleno de malos augurios: el veinte de diciembre los carrancistas habían tomado la ciudad con tropas sonorenses traídas ¡por territorio norteamericano!— porque el frío me entristece siempre, me hace sentir como en otra parte de donde estoy, en cualquier otra parte.

En verano, en cambio, me vieras, estoy tan cerca del mundo, tan piel contra piel.

Por eso el peor trabajo que he tenido en mi vida fue el de estar en invierno con la linterna afuera del burdel, parado como idiota bajo un árbol medio enmascarado por la noche, o acarreando y orientando a los clientes, dándoles la bienvenida con mi mejor sonrisa o sosteniendo borrachos a duras penas y argumentando el derecho de admisión. Tiritaba, pero más que de frío de algo que me crecía desde dentro, como telas en los ojos.

—Qué carajos hago aquí, qué carajos hago aquí —era lo más que alcanzaba a reflexionar y a preguntarme, mientras buscaba una oportunidad para acercarme a la estufa de leña de la cocina a calentar el hielo de mis entrañas.

Mi humor era maligno, se contagiaba de ese ambiente en donde todo se me antojaba trucado, hueco, sucio.

Un atardecer, apenas me había instalado en mi puesto de trabajo en espera de la noche y de los primeros clientes, pasó una julia —una burda carrocería de madera jalada por un caballo famélico, con asientos laterales, estribo trasero y dos angostas tablas a manera de respaldo—, me subieron a ella sin explicación ninguna y me llevaron a la cárcel. (Por cierto, la cárcel de Juárez tenía entonces un rótulo que colgaba de la puerta de entrada, por lo que todos los que llegaban tenían que leerlo: "Jijo del maíz el que se fugue". De algo debía servirles para mantenerlo ahí.)

En cuanto la puerta de la celda rechinó a mis espaldas, y las llaves del cabo de guardia rasparon la cerradura, descubrí frente a mí, difuminada por la mala luz, la figura de un hombre flaco, muy moreno, con unos pelos a todas luces indomesticables y una barba de varios días que se le erizaba en las mejillas. Primero nos saludamos en forma un tanto seca, pero luego empezamos a platicar. Mejor dicho, apenas le di pie, se puso a hablar y no dejó de hacerlo hasta que, rendido, cerré los ojos poco antes del amanecer, aunque no estoy muy seguro de que él hiciera lo mismo.

Estaba tendido en una de las bancas de piedra que servían a la vez de cama y de asiento, replegado en sí mismo como una oruga. Por entre los barrotes bajaba, tardío, un rayo de sol, uno solo, delgado y duro, que aún iluminó unos minutos el piso de tierra apisonada.

Se apellidaba Paredón (a quién se le ocurre, en plena Revolución) y me dijo, entre tantas otras cosas, que trabajaba como secretario particular para uno de los hombres más influyentes del estado, don Cipriano Bernal, político y escritor, quien no tardaría en sacarlo de la cárcel, ya lo vería yo. En la actualidad, don Cipriano llevaba a cabo una misión importantísima para el futuro del país. Nada menos que una invasión, en toda forma, brutal y contundente, contra los Estados Unidos. En ese momento, como era lógico, se ganó mi atención. Don Cipriano, villista de corazón desde hacía años —incluso había colaborado en el gobierno de Villa en Chihuahua—, tenía a su cargo el enganche de nuevos y selectos candidatos para la causa.

Pronto nos quedamos casi a oscuras, pero él siguió hablando y hablando, ya sin más iluminación que la pequeña luna que entraba con dificultad por entre los barrotes de la ventana. En algún momento oí a Paredón ponerse de pie e ir a orinar a un rincón, produciendo la orina sobre la tierra apisonada un ruido silbante, como de cobra.

Villa era un gigante: cada batalla, cada frase que decía, cada hombre que mandaba matar, lo hacían más grande. ¿Alcanzaba yo a imaginar lo que era el talento militar de Villa apuntando todas sus baterías contra los gringos, con la contundencia con que las apuntó contra Torreón o Zacatecas?

—Además —dijo—, tengo entendido que Villa ya se puso de acuerdo con Zapata para que lo apoye. ¿Te das cuenta? Villa y Zapata unidos, peleando contra los gringos. Puta, llegan a Washington y se sientan en la silla presidencial de la Casa Blanca, como se sentaron en la de Palacio Nacional, me cae si no.

(Años después descubrí publicada en un libro la carta que, días antes de la invasión a Columbus, le mandó Villa a Zapata, y que, escucha, en algunos de sus párrafos dice: *Verá usted que la venta de la patria es hoy un hecho, y en tales circunstancias y por las razones expuestas anteriormente, decidimos no quemar un cartucho más con nuestros hermanos mexicanos y prepararnos y organizarnos debidamente para atacar a los americanos en sus propias madrigueras y hacerles saber que México es tierra libre y tumba de tronos, coronas y traidores. Con objeto de poner al pueblo al tanto de la situación y para organizar y reclutar el mayor número posible de gente con el fin indicado, he dividido mi ejército en guerrillas y cada jefe recorrerá las distintas regiones del país que estime conveniente, mientras se cumple el término de seis meses, que es el señalado para reunirnos todos en el estado de Chihuahua, con las fuerzas que se haya logrado reclutar en el país y hacer el movimiento que habrá de acarrear la unión de todos, ahora sí de todos los mexi-*

*canos. Como el movimiento armado que no-
sotros tenemos que hacer contra los Estados
Unidos sólo puede llevarse a cabo por el norte,
en vista de que no tenemos barcos, le suplico
me diga si está de acuerdo en venirse para
acá con todas sus tropas y en qué fecha,
para tener el gusto de ir personalmente a en-
contrarlo, y juntos emprender la obra de re-
construcción y engrandecimiento de México,
desafiando y castigando a nuestro verdadero
enemigo, el que siempre ha de estar fomen-
tando los odios y provocando dificultades y
rencillas entre nuestra raza.)*

Paredón me dio sus datos y dónde debía buscar a su patrón, quien a su vez me
pondría en contacto con Villa.

Mi tío Carlos fue por mí al día siguiente,
pagó una multa y me explicó que el Chino
estaba apenadísimo conmigo, no imaginaba
cuánto, que lo entendiera y lo disculpara por
favor, sólo por retrasarse un par de días con la
mordida que daba todas las semanas a la policía y mira nomás, qué cabrones, se la cobra-
ban (a lo chino, precisamente) con uno de sus
más fieles trabajadores refundiéndolo en la
cárcel, no había derecho.

Esa misma noche le conté a Obdulia que
me iría con Villa, y ella abrió unos ojos de
entusiasmo como no se los había visto y me
invitó a ir a su cuarto un rato, sólo un rato
para que le contara bien, tenía que ser mientras su mamá estuviera más ocupada con la
organización del burdel, ella me avisaría exactamente en qué momento.

VII

Aunque el hecho de no haberme declarado, cual debe hacerse, me ponía nervioso, la verdad es que no me fue tan mal. Por lo menos así lo supuse yo, faltaría preguntarle a Obdulia. Pero estas cosas se saben por el corazón y para qué andar preguntando sobre ellas, ¿verdad? Mejor guardarlas como las construyó y reconstruyó el recuerdo, afinándolas a lo largo de los años, que ponerse a estas alturas a confrontarlas con una supuesta realidad ya tan lejana y difusa, por no decir inexistente.

Mi mayor preocupación a partir de cierto momento fue explicarle que también para mí era la primera vez, Santo Dios, que no esperara demasiada experiencia: no había conseguido adquirirla en lo más mínimo por más que lo había intentado.

De entrada me dijo que no podíamos tardarnos mucho porque su mamá podía subir en cualquier momento, era imprevisible, además de que iba a parecerles rarísimo a todos que yo hubiera desaparecido así, tan de golpe. Cerró por dentro con llave, por si acaso, más valía, no fuera a ser la de malas, y que de preferencia caminara en puntas de pies, las duelas del piso crujían como hojas secas al pisarlas. Me sonrió y fue a sentarse a la orilla de la cama sin dejar de balancear los pies, como si no alcanzara el suelo. Las trenzas se le agitaban ligeramente y el borde de la enagua le viboreaba alrededor de las piernas. La luz de una veladora, sobre el buró, se le agolpaba como manchas amarillas en los vidrios de los lentes, y me impedía llegar hasta sus ojos.

—¿De veras te vas a ir con Villa?

—Te lo juro.

Caminé hacia ella pero mi cercanía pareció asustarla porque se puso de pie de golpe y fue a abrir la ventana. Respiró profundamente y algo dijo de que por favor no pensara mal de ella por haberme invitado a su cuarto, la emocionaba tanto lo de Villa como no tenía yo idea. La luna, muy chica, trepaba en el cielo, desprendiéndose de unas ramas lejanas. Llegué a su lado y sin pensarlo demasiado —con la sensación de meterme por el canal acerado de una aguja— la besé en el cuello y la abracé por la espalda, sin mirarla, acercándome tanto a ella que la obligué a inclinarse sobre el borde de la ventana, a quejarse entre risitas nerviosas, con voz suave, me vas a tirar, nos vamos a caer, oh espérate. La abracé más fuerte para detenerla, así no te caes, o nos caemos juntos, total, sintiéndola temblar, rechazándome y deshaciéndose una y otra vez contra mí, como una pequeña ola repetida, inapresable.

Logró zafarse y se volvió de golpe, con otros ojos. Fue ella la que me dio el primer beso en la boca. (Pensé: ¿y si ahorita le digo que también para mí es la primera vez?, pero no, era muy pronto y podía echarlo todo a perder.) Le quité los lentes con mucho cuidado, muy despacio, como empezando a desnudarla, a metérmele dentro. Sus ojitos miopes, aún más brillantes y dulces de lo que supuse, me sonrieron con aprobación para continuar. La besé de nuevo en el cuello y le busqué los senos por encima de la blusa; desabroché un botón que encontré en el camino. Pero ella me detuvo.

—Vuélvete —me dijo con una voz que me asombraba por su seguridad—, ponte de cara a la pared cerca de la puerta, yo me desvisto.

La obedecí, muy nervioso. Las sienes me iban a estallar: estar de cara a la pared me ponía peor, y me volví un poco, apenas lo suficiente para mirarla de reojo. Estaba de perfil, con los pequeños senos erguidos y deshaciéndose las trenzas. Se tardó una eternidad. En el momento en que la ola de pelo muy negro cayó sobre su espalda, todo su cuerpo pareció estremecerse de placer, y yo respiré más hondo. La blusa que acababa de quitarse flotaba en la barra de bronce de la cabecera de la cama. Los reflejos dorados de la veladora le remarcaban la silueta: delgada, muy morena, las piernas torneadas. Al cambiar de postura, el pelo se le deslizaba, fundiéndose con la sombra de la cintura.

—Ya —dijo.

Me volví del todo.

—¿Así? —y me enfrentó con las manos juntas cubriéndole el sexo y una actitud de niña obediente.

La abracé. Tiritaba de frío. Fuimos a la cama y ella se metió bajo las cobijas. Yo me senté en la orilla de la cama, sin una gota de excitación aún, Cristo Jesús.

—Casi no nos conocemos, tengo pena —dijo ella, subiendo el embozo de la sábana hasta la garganta.

—Sí nos conocemos. Nos conocemos tanto. Tú sabes cuánto nos conocemos, ¿verdad?

Ella asintió. Ya tenía el embozo de la sábana a la altura del mentón.

Esperé aún un momento, incapaz todavía de creer que todo eso era posible, preguntándome si no debía cuanto antes —pero ya— confesarle mi dolorosa situación iniciática. Debí prever, averiguar, qué podía esperar una jovencita de dieciséis años de un hombre bragado, hecho y derecho, de veinticinco.

Le arrebaté la sábana y la bajé muy lentamente. Ella cerró los ojos. El misterio se volvía sombra azulada y amarilla bajo la luz de la veladora. Su cuerpo nacía trazo a trazo bajo mi mano que tiraba de la sábana con lentitud desesperante, conteniendo el deseo de arrancarla de un tirón para revelar de una vez por todas lo quizá nunca visto antes por nadie. Ella apretaba con fuerza los labios como para no reír, y el estremecimiento de su piel al ser descubierta era también una forma de reír y de apremiarme a continuar. La delgada columna de su cuello donde adiviné su deseo incipiente. Los pequeños senos mal defendidos por los brazos cruzados. Un par de lunares en el estómago, que junto con el ombligo formaban un bonito triángulo equilátero.

—Me haces cosquillas con los ojos —dijo, soltando una breve risa silbante entre los dientes.

Apenas me atreví a mirarle el sexo —línea de sombra que se perdía entre los muslos protectores— y me concentré en lo familiar, lo diurno, las pantorrillas tostadas, los tobillos y los pies como animalitos dormidos en lo hondo de la cama. Todavía incapaz de alterar su inmovilidad ofrecida y temerosa al mismo tiempo, me incliné sobre ella y la miré muy de cerca, besándola en la barbilla. Ella abrió los ojos y me sonrió abiertamente.

—Ven, quítate la ropa y ven —dijo.

Tragué gordo y yo también le sonreí. Aún le besé el cuello, los hombros, los pezones crecientemente imperiosos, los lunares del estómago; bajé una mano temerosa por la suave curva de su cintura y la abandoné, yerta, en el avance de la pierna, sin atreverme a llegar más lejos.

—Quiero decirte algo, Obdulia.

—Primero ven.

Me puse de espaldas a ella y empecé a desvestirme, qué otra cosa podía hacer. Al desabotonar la camisa me di cuenta de que las manos me temblaban. Me torcí una pierna y permanecí con ella torcida un momento al quitarme el pantalón, como en esa posición yogui que llaman de medio loto; cada movimiento con una torpeza inaudita. Por fin logré ponerme de pie en puros calzoncillos, sintiéndome más ridículo de lo que nunca antes me había sentido, con los ojos del padre Roque —¿por qué los de él?— dentro de mí; o, mejor dicho, como si el padre Roque me mirara por un resquicio de la puerta, conteniendo una risita burlona, como la que contenía cuando le confesaba ciertos pecados, lo que tenía la ventaja de que era un anticipo del perdón.

Me metí a la cama y me abracé a Obdulia, tiritando.

—Así, abrázame así nomás —dijo ella.

Pensé que podía pasarme la noche entera abrazado a Obdulia sin necesidad de nada más. Sólo así, metiéndome en su pelo, oliéndolo profundamente (como lo olí la primera vez que la besé en la boca, con ese olor medio amargo pero limpio, como de mata salvaje), juntando mis pies con los de ella (heladísimos), diciéndole al oído que la quería mucho, que nunca había querido así a una mujer, incluso que nunca había estado con otra mujer, era la primera vez, sí, se lo juraba y yo nunca juraba en vano, ¿no era increíble a mi edad?, pero que tratara de imaginar lo que había sido mi vida en el seminario de Chihuahua, con el padre Roque recordándome una y otra vez mi vocación sacerdotal, mi necesidad de una entrega absoluta que trascendiera mi pobre condición humana, suponer que nuestros actos influyen en la posible salvación del mundo, no yo sino Dios en mí, pues. Pero al empezar a hablarle de mis dudas teológicas ella subió la mano por mi pecho y remató la caricia con un dedo en los labios, sellándomelos, pidiéndome silencio, silencio a la tormenta de un poco más arriba, entre las cejas, en el centro de la frente, el punto exacto de donde surgían las fantasías y las dudas que me tenían siempre como en aquel momento, paralizado de miedo. Se me trepó encima y me dijo abrázame, nomás abrázame y ya, pero al mismo tiempo enredando sus piernas con las mías y empezando a hacer unos muy suaves movimientos con la cadera, casi imperceptibles pero a los que no podía dejar de responder, cómo dejar de responder, por Dios, cómo nomás sentir su cuerpo desnudo y no hacer nada, cómo nomás sentir ese cuerpo desnudo deshaciéndose contra el mío, fundiéndose con el mío, sin responder de alguna manera, cómo dejar de pensar, de calcular, de suponer, para entonces hundirme en la ola alta de la pura sensación, cómo soportar ese zumbido en los oídos de profundidad farragosa.

Hasta que algo como la resaca del deseo me arrancó de mí mismo y logré lo que yo mismo no podía creer, lo que parecía imposible, lo que hizo dar a mi vida una maroma completa y me instaló, de golpe y porrazo, en el otro lado del mundo.

—¡Estoy pudiendo, Obdulia, estoy pudiendo!

Es el colmo, ¿no? Con una mujer que era casi una niña. ¿O para ella no era la primera vez? Tiempo después algo me dijo de un rancho en Parral y de un amigo de su edad con el que medio hizo esto y aquello, además de que su mamá —imagínate nomás quién—, apenas cumplió quince años Obdulia, le explicó cómo se hacía, así y así, y así no, y cómo debía cuidarse para evitar que un hombre cualquiera abusara de ella y le endilgara un hijo y luego tuviera que meterse de puta para mantenerlo, pero la detuve y no quise saber más del asunto, para qué, preferible suponer que también yo la inicié a ella, ¿no? Que fui yo quien creó de una vez por todas su cuerpo y lo instaló en el mundo, el instante preciso en que levanté la sábana y fundí en uno solo los fragmentos de mujer que había sido hasta entonces, viendo nacer eso que ya sería ella para siempre, eso que a partir de ese momento se llamaría de veras con su nombre verdadero y hablaría con su voz verdadera. Es cierto, sólo hay una virginidad que cuenta: la que precede a la primera mirada profunda y se pierde bajo esa mirada.

Pero creo que esta parte mejor no la incluimos en tu reportaje, ¿cuál es el caso? Yo preferiría que me ahorraras la pena, ya bastante la padecí entonces, aquella noche. ¿Nuestro trato fue que yo te lo contara todo y luego tú sabrás lo que haces con este horrendo amasijo de recuerdos y de sensaciones, rociados con un poco de *bourbon*, además?

Lo que sí quiero señalarte es que el lugar, el burdel mismo, mejor dicho el halo rojizo que lo envolvía, resultaba determinante para hacerme sentir lo que sentía; algo así como si Obdulia y yo estuviéramos haciendo el amor —o por lo menos tratando de hacerlo— en el centro mismo de una gran hoguera, entre altas y fascinantes lenguas de fuego que no tardarían en consumirnos también a nosotros, no podían tardar en hacerlo. Hasta los ruidos y los gritos que oíamos en los cuartos de junto contribuían a alimentar esa atmósfera, como si la casa entera estuviera incendiándose.

Pero quizá más que el acto amoroso mismo, fueron sus palabras finales, un instante antes de que yo abandonara el cuarto, las que influyeron en forma determinante en mi vida futura:

—Te quiero acompañar con Villa —dijo, en un tono que no dejaba lugar a dudas.

VIII

Vi al tal don Cipriano Bernal en un rancho destartalado por la antigua carretera a Chihuahua.
Paredón ya estaba con él —era algo así como
su mozo de servicio, su chalán, su chofer y su
secretario particular— y después de saludar-
nos efusivamente me llevó a un amplio des-
pacho con un escritorio de caoba en el que
destacaba un artefacto para liar cigarros; en
las altas paredes, además de estantes con li-
bros, fotos familiares y de Villa, muchas fotos
de Villa, mariposas clavadas en cajas de terciopelo, fuetes, guantes, sombreros de cuero
y monturas. Había un ramo de flores mustias
en un jarrón de vidrio soplado y las losetas
del piso estaban desportilladas. Por las ventanas se veían las montañas, encendidas por el
sol, y a dos mujeres sacando agua de un pozo
cercano.

Don Cipriano hablaba del villismo como
de una religión. De cara angulosa, muy bien
rasurada, curtida por la intemperie y por la
edad, y con unos mechones grises salpicán-
dole los escasos cabellos, debía andar por los
ochenta años, más o menos.

Le llamó la atención mi afición a la lectura —algo muy poco común entre los villistas, por cierto—, y me mostró su selecta biblioteca, bajándome algunos viejos volúmenes de los estantes más altos, ayudándose con una escalera de rueditas.

—Éste es el verdadero problema para los hombres de hoy —dijo poniendo sobre el escritorio una pistola y un libro—, conciliar las armas con las ideas —y puso la pistola encima del libro—, no separarlas porque entonces, por decirlo en términos revolucionarios, nos lleva el carajo, ¿comprendes?

El libro que había elegido era de filosofía hindú: el *Bhagavad Guita,* el libro de cabecera del presidente Madero, me aclaró.

—Él logró conciliar la violencia revolucionaria con la fe en Dios, la acción en el frente de batalla, al tiempo que oraba interiormente. ¿Por qué nosotros no? Ten, te regalo el libro, lo tengo repetido. Ahí está la respuesta a tus dudas.

También me dijo que, en efecto, Villa y sus partidarios como él estaban reclutando a lo largo de todo el país hombres con ganas de pelear contra el traidor de Carranza y contra los gringos, algo en que nos jugábamos la salvación de la patria. Incluso, por primera y única vez, Villa había decidido romper con una tradición de la División del Norte: la de sólo aceptar voluntarios en sus filas, y había adoptado la dolorosa pero necesaria modalidad del reclutamiento forzoso. *Aquellos que se rehúsen a unirse, serán fusilados. Aquellos que se es-*

condan y no se les encuentre, sus familias pagarán la pena. Particularmente con quienes desertaban, Villa no tenía piedad, y en los poblados de Namiquipa y las Cruces ya había habido varios ex villistas fusilados por rehusarse a regresar a sus filas. (Algunos así lo declaraban: "Prefiero la muerte a regresar con Villa" y, es obvio, se morían.)

¿Pero qué podía hacer Villa si él era la última opción de justicia y libertad para el país, y después de la derrota en Agua Prieta —producto, por cierto, de la traición de los gringos, quienes permitieron a los carrancistas bajar por sus tierras a reforzar su guarnición—, la División del Norte se hallaba prácticamente desmembrada?, preguntaba don Cipriano mientras el humo del cigarro le dibujaba helechos en la cara.

La verdad es que la antigua División del Norte, magnífica y terrible a la vez, se había vuelto casi inexistente, fraccionándose en pequeñas bandas cada vez más frágiles, que terminaban por perderse en las montañas o se iban quedando diseminadas en sus pueblos o en sus rancherías.

Y sin embargo, ¿podíamos los hombres responsables abandonar la lucha en el momento de mayor peligro para el país?

Me conquistó la energía empozada de sus movimientos, la determinación ambiciosa de su expresión, y me dije que sin necesidad de tocarlos podría adivinarle los huesos de los brazos, envejecidos pero aún correosos. Por momentos, y casi sin que viniera a cuento, se reía con una risa grácil y despreocupada, que lo rejuvenecía a pesar de remarcarle las arrugas.

¿Conocía yo el manifiesto que había lanzado Villa en Naco, Sonora, y publicado en el periódico villista *Vida Nueva*? El manifiesto —léelo— acusaba a Carranza de venderse a los Estados Unidos y de aceptar condiciones que ponían en serio peligro nuestra soberanía: *a) Una concesión por noventa y nueve años que otorgaba a Estados Unidos derechos sobre la Bahía Magdalena, Tehuantepec, situada en la zona petrolífera. b) Un acuerdo para que los puestos de Secretario de Gobernación, Relaciones Exteriores y Hacienda, fueran ocupados por personas que tuvieran el apoyo del gobierno de Washington. c) Todo el papel moneda lanzado por la Revolución sería consolidado después de consultarlo con un representante nombrado por la Casa Blanca. d) Todas las reclamaciones hechas por extranjeros norteamericanos, debidas a daños por la Revolución, serían pagadas, y todas las propiedades expropiadas debían ser regresadas a sus dueños. e) Los Ferrocarriles de México debían ser controlados por un consejo directivo en Nueva York, hasta que las deudas fueran pagadas a este consejo. f) Estados Unidos, a través de los banqueros de Wall Street, otorgaría un préstamo de quinientos millones de dólares al gobierno mexicano, que sería garantizado por el derecho a la retención del tesoro, con un representante del gobierno de Estados Unidos que supervisara el cumplimiento de México.*

Esto, además de que en Washington se seguía discutiendo una medida más drástica para acabar con la anarquía que reinaba en México, y entre otros recortes de periódico que me mostró don Cipriano, copié en mi libreta uno del *World* de Chicago que reseñaba una reunión del presidente Wilson con los senadores de su gobierno, y en la que uno de ellos, Chilton, de Virginia Occidental, gritaba a voz en cuello, *con el mismo ardor de sus campañas electorales: "Como primera medida educativa, yo obligaría a los mexicanos a saludar la bandera norteamericana y a cantar nuestro himno, aunque para lograrlo tuviese que volar la ciudad de México", a lo que el senador William Borah replicaba: "Si la bandera de los Estados Unidos llega a ser izada hoy en México, nunca más, nunca más será arriada de ahí. Y ése será tan sólo el principio de la marcha de los Estados Unidos hasta el canal de Panamá."*

—¿Puedes imaginarte saludando muy solemne esa bandera y cantando el himno gringo? —me preguntó don Cipriano.

—Tanto como puedo imaginarme que el infierno existe —le contesté.

—Pues entonces a actuar, muchacho, a actuar.

Yo no había conocido a un verdadero intelectual por más que lo había buscado, y al escuchar a don Cipriano sentía que algo vertiginoso bullía en mi cerebro, no sólo por lo que decía sino por la convicción de su voz, que era siempre severa e impersonal.

—Qué diferentes las cosas el siglo pasado —dijo—, gracias a que la gente tenía un conocimiento amplio y diverso de la guerra que nos hicieron los Estados Unidos. Esto fue determinante. Yo vi al pueblo en la capital pedir armas a gritos al paso de la caballería del traidor de Santa Anna. ¿Has escuchado alguna vez el coro de una multitud pidiendo armas a sus propios gobernantes? Pueblo que, a partir de las retiradas del ejército nacional, no dudó en pelear entonces con sus propias manos —algunas mujeres verdaderamente a arañazos— contra los soldados invasores, unido y alentado bajo el grito de "¡Mueran los yanquis!" ¿Por qué hemos perdido ese espíritu en el México de hoy?

Le dije de los quemados en el puente, y chasqueó la lengua. Eso no era nada, aunque ciertamente tenía el agravante de que se trataba de mexicanos que intentaban cruzar legalmente. ¿Pero quería ver algunas fotos —publicadas también en *Vida Nueva*— de los cientos de "mojados", linchados a últimas fechas por los gringos en el valle bajo del Río Bravo? Había una gran variedad de fotos —la mayoría de ellas tomadas por norteamericanos—: acercamientos a los rostros o hileras de cuerpos colgados de los árboles: los ojos desorbitados, de carbón, los brazos lacios a los flancos, las piernas como péndulos con los huaraches enlodados y las lenguas oscuras de fuera, improvisando algo así como una última mueca de burla a sus verdugos.

IX

¿Unas aceitunitas? El truco de los españoles es que pistean y comen, comen y pistean, por eso aguantan tanto, velos. Hay que aprender a mantener el nivel adecuado de alcohol dentro de ti, el que tu cuerpo necesita y a la vez puede soportar: entonces estás bien, comprendes mejor el mundo, los recuerdos, vivísimos, se te vienen encima solitos, y para eso no he encontrado yo mejor nivelador que la comida. Un trocito de queso, una aceituna, algo frugal y fácil de digerir porque si se te pasa la mano te sientes pesado, se te embota la mente y adiós entrevisiones y recuerdos, y mejor te largas a jetear.

Óyeme, he leído de personas que, de pronto, encuentran a Cristo y el camino hacia la luz al entrar en una iglesia, al asistir a una misa de gallo, al leer algún pasaje de la Biblia, o simplemente al vivir una pena muy grande o una alegría que los desborda. Yo, por mi parte, a través de don Cipriano, descubrí a Villa y su camino hacia Columbus. ¿Cuál era en el fondo la diferencia?

Me llenaba de regocijo no tener que regresar al hotel ni al burdel. Yo —como tantos otros habitantes de la frontera— estaba de alguna manera en guerra con los gringos. ¿Qué tenía entonces que andar consecuentándolos y cargándoles las maletas y consiguiéndoles enanas putas —que ni siquiera eran putas, además?

En tanto averiguaba don Cipriano dónde debía encontrarme con Villa, nos instaló a Obdulia y a mí en un jacalucho en las afueras de su casa. Dos tablones mal ajustados componían la puerta, y no tenía más mobiliario que un catre diminuto, una mesa de madera mal pulida, que levantaba astillas al rozarla, una palangana para lavarnos como gatos y una lámpara de petróleo que colgaba de una alcayata: su luz amarillenta caía como materia sólida sobre la tierra suelta del piso. Un lugar nada cómodo para una luna de miel.

La nota que les habíamos dejado en el burdel a mi tío Carlos y a doña Eulalia era bastante elocuente y, suponíamos, les evitaría la molestia de salir a buscarnos: "Nos fuimos con Villa. Regresamos pronto. Besos". Obdulia sugirió poner que lo hacíamos por la patria, pero le dije que se iban a preocupar peor y mientras más escueta la nota menos deducciones podían sacar.

En invierno amanece tarde en Juárez. Un gallo cantaba para ahuyentar las tinieblas, y pensé que si ese gallo no hubiera cantado, simple y sencillamente nos hubiéramos quedado a oscuras. Por entre los popotes del jacal se colaban unos rayos de sol más bien blandengues que terminaban por despertarnos. A tientas, Obdulia se ponía de pie e iba a hincarse junto al brasero de barro blanqueado a soplar las cenizas para desnudar el rostro de la brasa y calentar el café. Me encantaba verla ahí, nimbada por el amanecer, después de haber dormido juntos, aunque pronto descubrí que a Obdulia no le gustaban demasiado las labores domésticas. No que no las hiciera, tenía que hacerlas, qué remedio le quedaba, pero en sus gestos, en su mirada, había una gotita de descontento que iba en aumento (tan fue en aumento la gotita que terminó por convertirse en una verdadera tormenta). Al acarrear el agua y la leña, al aplaudir la masa para las tortillas, al ayudar a las otras mujeres de la casa a moler el maíz tostado, revolviéndolo con piloncillo, para hacer el pinole, ella estaba a disgusto, yo sabía que estaba a disgusto aunque no dijera nada y aparentemente fuera tan dócil y cariñosa y sólo pensara cómo complacerme —cada vez la sentía más entregada al hacer el amor—, y una de esas noches en que me dio una fiebre rarísima (don Cipriano dijo que eran puros nervios) y en que tirité como condenado y tuve una larga alucinación en que vi al padre Roque a un lado del catre con un rostro desfigurado y bestial, babeante; esa noche Obdulia no pegó los ojos y se la pasó poniéndome paños de agua fría en la frente. Tanto me contó que hablé y hablé del padre Roque durante la alucinación, que al día siguiente, ya un poco más fresco, tuve que decirle quién era y por qué había influido de tal manera en mí.

—¿Tú ibas a ser sacerdote? —me preguntó en un tono de incredulidad casi ofensivo.

—Estaba decidido hasta antes de perder la fe.

—No te imagino, nomás no te puedo imaginar.

Pero algo debió influirle el tema porque luego me preguntaba mucho de la religión —su mamá apenas si le habló de eso— y descubrí que hasta cierta excitación sexual le provocaba la idea de pecado. O quizás era yo quien se la contagiaba, porque en mí sí era muy notoria y abierta la excitación a partir de la posibilidad de condenarme por desear tanto a Obdulia. (Me bastaba pensarlo para recuperar la erección.)

Le expliqué que para mí el sacramento del matrimonio se realizaba a partir del deseo y de la entrega plena, y que antes la gente se casaba nomás así, con los ojos, al desearse; las palabras de amor no hacían sino confirmar el compromiso visual. ("Te declaro mi esposo por haberme mirado como me miraste.") Por intereses económicos, la Iglesia impuso la obligación de pasar frente a un altar para dizque bendecir la unión, ésa sí una verdadera condena. Abrió unos ojos enormes y tengo la impresión de que no me entendió mayor cosa y prefirió quedarse con la pura idea de pecado, un pecado puro y simple, que tanto le había gustado desde la primera vez que se lo expliqué.

Como me lo temí, le encantaban las armas y los caballos. Por las mañanas, en el corral, Paredón intentó enseñarnos a disparar. Clavó un cartón con un mono dibujado en los adobes rojizos de la pared y nos mostró entusiasmado las armas. Lo bien que le habría yo caído a don Cipriano para que nos hubiera prestado todas ésas, que nomás miráramos qué bellezas. Tomaba un fusil y le daba vueltas, acariciándolo, le abría la recámara, comprobaba la posición de la mira, hacía vibrar el gatillo, demostraba cómo sostenerlo. Pero empezamos con las pistolas. Hizo girar el panzudo tambor, lo cargó con seis balas y con un golpe seco juntó la cacha y el cañón. Su voz era parsimoniosa, didáctica.

—No entiesen los músculos, sueltitos, sueltitos, así. Como si tuvieran un ave en la mano: aprietan demasiado y la ahogan, pero si aflojan puede escaparse y volar. No contraigan el codo, los ojos siempre abiertos. Ese tiro fue pésimo, ese otro también.

Con todo y sus ojitos miopes y sus gruesos lentes, y dándole el arma una patada mucho más fuerte, Obdulia demostró bastante mejor puntería que yo, lo que era de preocupar, ¿por qué negarlo? Muy especialmente porque también para montar a caballo tenía más facilidad. (Hasta Paredón se asombró de verla ceñir el doble arco de sus piernas sobre el animal encabritado, clavarle los talones en los ijares, impedirle sentarse sobre sus cuartos traseros, darle bárbaros tirones a la rienda hasta que le hizo doblar el pescuezo por donde ella ordenaba, y nada más que por ahí. Sus largas trenzas con moñitos la acompañaban enloquecidas, formando rizos en el aire.)

Paredón me criticaba por haberla dejado acercarse a las armas y a los caballos, quién me manda, en lugar de obligarla a permanecer en el jacal o al lado de las otras mujeres, en la cocina, cual debía ser, pero ella me insistió tanto, y en un tono tan dulce y seductor, que no pude negarme a darle gusto. Tenía ciertos ojos que me conquistaban de entrada. Además, si nos íbamos a ir juntos a la sierra más valía que supiera defenderse.

Eso de llevarla conmigo a la sierra me lo cuestionó muy seriamente don Cipriano.

—¿Estás loco, muchacho? Villa no quiere más soldaderas en su ejército por los problemas que le han provocado. Cree que un ejército moderno debe estar formado únicamente por hombres que ocupen todos los puestos de línea, sin la monserga de traer atrás a las viejas corriendo desaforadas, tropezándose y volviéndose a levantar, con sus escuincles moquientos, sus ollas, sus cacerolas, sus peroles y sus aperos para dormir. Voy a contarte algo que te va a poner la piel chinita, pero que te va a prevenir sobre el peligro que corre tu mujer llevándola a donde la quieres llevar. El conflicto entre Villa y las soldaderas tronó definitivamente hace unos meses, cuando les arrebató a los carrancistas la estación ferroviaria de Santa Rosalía Camargo. ¿Te enteraste? Unas noventa soldaderas y sus hijos fueron hechos prisioneros, con el único fin

de llevarlos a Chihuahua y ahí, ya en la cárcel, convencerlos de que rectificaran el ban-
do en el que luchaban, tal y como había
sucedido en el pasado en muchísimas ocasiones. De pronto, cuando se organizaba el acarreo de prisioneros, se escuchó un disparo que
salió justamente del grupo de las soldaderas:
una bala silbante atravesó el sombrero de Villa, quien se enfureció como pocas veces lo
habían visto. Fue con ellas y desde la altura
altiva de su caballo tordillo, y con su voz más
dura, les ordenó que señalaran a la culpable
del atentado..., pero todas se quedaron quie-
tas y nadie abrió la boca. Según el mayor Sil-
vestre Cadena, testigo presencial y amigo mío,
Villa las amenazó con fusilarlas si no habla-
ban, pero las mujeres permanecieron aún más
impasibles, con los labios apretados para evitar cualquier tentación de denuncia. Probó
soltándole un plomazo certero a la que tenía
más cerca: que se asustaran, que comproba-
ran que no hablaba en vano, estaban nada
menos que frente a Francisco Villa. La mujer
herida cayó al suelo desgajada, como un puro
montoncito de trapos, pero las demás no se
movieron y ni siquiera pestañearon. Entonces
Villa gritó: "¡Pinches viejas tercas, púdranse!"
y dio la orden de que las fusilaran ahí mismo,
enseguida, con todo y sus hijos, que de todas
maneras ya huérfanos para qué iban a servir.
El mayor Cadena me dijo que la escena indes-
criptible del fusilamiento lo decidió a sepa-
rarse de Villa, quién soportaba aquella clase
de espectáculos. Las fusilaron por grupitos, de

diez en diez, y los gritos y los llantos de las mujeres y sus hijos —se besaban, se abraza- ban, se daban la bendición, no había manera de separarlos— se le quedaron grabados para siempre en la cabeza al mayor Cadena, marti- lleándolo hasta casi volverlo loco.

Estábamos en una terraza cubierta por un alero de tejas, sentados en unas mecedo- ras de mimbre, don Cipriano con el chaleco desabrochado, fumando su puro y balanceán- dose despacito, impulsándose con el pie. Un cónclave de gorriones mitoteros se posaba en un álamo cercano y a lo lejos estaban las montañas, ceñidas de piedras grises y mez- quites.

—Así es Villa, ni modo, qué le vamos a hacer.

Y de ahí no sacaba uno a don Cipriano. Y era verdad, qué le íbamos a hacer si ahí, en el norte, Villa era el último hombre que nos quedaba para creer en él. Por eso yo solito me hacía mis lavados de cerebro y me decía que en el fondo Villa era bueno, ya lo había dicho el propio general Felipe Ángeles, pero cómo no iba a serlo si hasta lloró en la tumba del presidente Madero, había tantas otras historias que confirmaban su bondad, la antorcha lumi- nosa que cargaba para guiarnos, amaba a la gente pobre y a los niños y a las mujeres y a los ancianos y tenía un sentido de la justicia tan extremo que, a veces, justificaba por sí solo su barbarie.

Al principio me sentí sorprendido —y hasta honrado— por tantas amabilidades como tenía don Cipriano con Obdulia y conmigo, pero pronto descubrí que estaba más solo de lo que parecía, sus amigos ya no lo pelaban por su villismo irredento —le advertían, una y otra vez, que los carrancistas lo iban a matar en cualquier momento, sólo lo salvaban su vejez y los artículos que ocasionalmente publicaba en *El Paso del Norte*— y la verdad es que apenas si había logrado reclutarle unos cuantos chavalillos desharrapados a Villa, vaguitos que por ahí se encontraba Paredón. Esto confirmaba lo que ya me temía: que por mucho que en realidad la gente de Juárez aborreciera a los gringos, no quería pelear contra ellos —no quería ya pelear contra nadie— y los planes de Villa le sonaban a pura locura. Por eso, aunque admiraban y creían en Villa, casi preferían que hubieran tomado la plaza las fuerzas carrancistas e impusieran la paz. La paz, de una vez y por todas, era lo que quería la gente en Juárez, después de tanta sangre derramada y años interminables de guerra civil. ¿Pero se daba cuenta esa gente del riesgo que corríamos con el traidor de Carranza en el poder, los gringos quemándonos vivos en el puente y ahora sí dispuestos a invadirnos en forma definitiva? A mí por lo menos me parecía que era preferible perder la vida a contemplar de nuevo la bandera norteamericana izada en nuestras tierras. Hay pesadillas que impiden descansar en paz, en este mundo y en el otro.

Otra razón por la que don Cipriano era tan amable conmigo es porque quería que lo ayudara a pasar en limpio un libro en el que trabajaba, dónde iba a encontrar en Juárez a otra persona como yo, que supiera —y hasta le gustara— leer y escribir. Bastaba compararme con Paredón, mozo de servicio y chalán, pero también un poco su secretario particular, absolutamente analfabeto. Tardó varios días en decírmelo abiertamente. El tiempo le había ganado y ya no le quedaba mucho para terminar el libro.

Empezó por abrirse sentimentalmente. Una noche, la luz de las velas me mostró su cara comida por la angustia, y me dijo de su amargura y su desesperación, actuales y pasadas, las de su juventud extinta, su frustración vital e intelectual, hablándome con una sinceridad que, de entrada, no entendía por qué tenía conmigo, diciéndome cuán miserable y desdichado se sentía por no haber compartido un gran amor, por no haber sido un exitoso poeta, el poeta inspirado que hubiera querido ser, y por saber que iba a morir aún más estúpidamente de lo que había vivido.

Habíamos cenado solos en su amplio comedor, con gruesas cortinas que sin embargo el viento que llegaba de la sierra agitaba como alas. En los pilares del corredor habían encendido unos hachones de ocote que se consumían chisporroteantes, olorosos a resina.

Me repitió que recibía a poca gente porque estaba ocupado en escribir una obra fundamental para él: su biografía, en forma novelada para despistar a los mal intenciona-

dos curiosos de vidas ajenas. En hacerla y des-
hacerla llevaba más de diez años, pues aunque los acontecimientos seguían siendo los
mismos, sus juicios no habían llegado a adqui-
rir la consistencia necesaria de perdurabili-
dad que él apetecía. A cada relectura encontraba
siempre algo que quitar o algo que agregar y
ése era el cuento de nunca acabar. Por otra
parte, el esquema de la obra —que era, simplemente, su árbol genealógico— se le empezó a complicar por los enlaces con tantas
familias que lo antecedían. A veces, decía,
pensaba que su obra era de interés universal y
gastaba largas horas en inventar y corregir;
pero de pronto la interrumpía con deseos ve-
sánicos de atizar con ella el fuego de la chime-
nea, porque con los ojos bien abiertos y lúcidos
sólo encontraba vacuidad, insignificancia, ton-
terías indignas de un verdadero poeta. ¿Me in-
teresaría pasarle algunas páginas en limpio?
Tenía algunas "alazanas" guardadas y podía pagarme bien, de todas maneras lo del ataque de
Villa a los Estados Unidos podía retrasarse unas
semanas más. Desde que, a principios de año,
Villa andaba en la sierra en calidad de guerrillero, no era fácil establecer contacto con él,
mandarle gente, una simple carta. Podíamos
trabajar en las primeras páginas en lo que llegaba la respuesta de dónde exactamente debía yo unirme a los villistas. Bajó la cabeza, se
escondió dentro del puro y dijo algo que me
puso a temblar: él mismo, quizás el más fiel y
viejo de los villistas, empezaba a dudar de que
en la actualidad lo mejor fuera ese ataque a los

Estados Unidos, una aventura absurda donde podían perderse vidas tan jóvenes y valiosas como la mía.

—¿Pero por qué, don Cipriano? Hace apenas unos días usted me decía...

—Son los Estados Unidos. Nomás por eso.

—Pero nosotros no vamos a hacer otra cosa que adelantarnos a la invasión de ellos, vamos pues a nomás comerles el mandado, a madrugarlos.

—Te repito: son los Estados Unidos. Piénsalo.

Trabajé más de una semana en su dichoso libro. Era un embrollo de más de mil páginas, con una letra redonda y apretada y sin pies ni cabeza, los personajes iban y venían, se morían, renacían, pero no terminaban de tomar cuerpo, en la pura historia de su tatarabuelo se había llevado un tercio del libro. Ahora que yo ando en las mismas, con la intención de unas *Memorias,* entiendo lo que habrá sufrido don Cipriano.

Hasta que un atardecer fue Paredón a avisarme que ahora sí, ya no había duda de por dónde andaban los villistas, al día siguiente salía yo en la madrugada rumbo a Tosesihua, un pueblito donde había una cantina llamada *El Piojo,* ahí me iban a dar informes precisos, llevaba una carta de don Cipriano y no tenía por qué preocuparme. Ah, y don Cipriano insistía en que no fuera a llevar conmigo a mi mujer, que no la amolara, hombre, que no cometiera tal locura, por favor.

Sentí que el creciente cosquilleo en las palmas de las manos iba pareciéndose al entusiasmo.

Saqué a Obdulia del jacal y la invité a dar un paseo para comentarle la noticia. El cielo hervía de estrellas y si guiñaba uno los ojos les descubría mejor sus contornos acerados, latiendo como pequeños corazones azules. Ya me temía que no iba a ser nada fácil convencerla de que se quedara, yo no tardaba en regresar, iba a llevar un diario para luego leerlo juntos, en el país habría un cambio político inimaginable una vez que invadiéramos a los Estados Unidos, ahí con don Cipriano iba a estar como en su propia casa, la comida era buena y podía ayudar en las faenas de la cocina, Villa les había agarrado tirria a las mujeres y acababa de mandar fusilar a más de noventa en Camargo, creía que un ejército moderno debía de estar formado sólo por hombres que ocuparan todos los puestos de línea, ¿se le antojaba andar corriendo desaforada atrás de mí, tropezándose y volviéndose a levantar, con un escuincle moquiento en los brazos, si es que ya lo teníamos, y con sus ollas, sus cacerolas, sus peroles y sus aperos para dormir sonándole como cencerros? ¿Eso quería? Todavía hoy retintinean en mis oídos, con insólita actualidad, las palabras de su respuesta. Sus facciones se habían aguzado, hundido, crispado, y una furia, que no había adivinado en ella, exacerbaba la turbulencia de sus ojitos miopes. Que me hiciera a la idea: cuando regre-

sara ya no la iba a encontrar ahí. ¿O suponía
que ella había abandonado a su madre, que
tan bien la trataba, y sus estudios en el internado, siempre con excelentes calificaciones, sólo
para refundirse conmigo en ese jacalucho in-
mundo, y para calentarme el café y los frijoles, y para echar tortillas, moler el maíz tostado
y hacer el pinole en la cocina, al lado de las
otras mujeres de la casa, tan estúpidas como
las gallinas que cuidaban?¿Lo creía yo de veras? Pues estaba equivocado. Si se escapó del
burdel fue para correr conmigo una aventura,
una verdadera aventura en la que tuviéramos
tantos derechos y riesgos el uno como el otro.
¿Por qué no iba ella a pelear contra los gringos
si tenía más puntería que yo, a ver? No le temía, nunca había temido al sol ni al hambre
ni al frío ni a la sierra agreste. Sólo temía terminar como cualquiera de las mujeres que la
rodeaban, tanto en el burdel como en la casa
de don Cipriano. Casi prefería volverse puta,
como su mamá, que sirvienta de don Cipriano,
ruco mañoso. En la atmósfera sin brisa, sus
palabras furiosas parecían conservarse más
tiempo, flotando vibrantes. Que me dejara
explicarle todo eso a Villa, ya vería si no lo
convencía una vez que oyera sus razones de
su propia boca y le mostrara cómo disparaba
un fusil y cómo montaba a caballo. Que la dejara, a ver. También ella estaba enterada y sabía
de las mujeres que cruzaban a El Paso y regresaban subrepticiamente con miles de
rondas de munición, pistolas, rifles y hasta
ametralladoras. ¿Por qué no, por lo menos, le

encomendaban una misión así? Le dije algo de tener un hijo y me paró en seco: su mamá la había enseñado a cuidarse y por ahí no iba a tener problema, que me hiciera a la idea. Me sentí perdido —casi estaba decidido a llevármela a la sierra, total— pero hice un último comentario que acabó de encenderla, y que también me puso furioso a mí. Por ejemplo, ¿aceptaba ir a pie a mi lado, cargando su montón de ollas y tiliches, mientras yo montaba el caballo y llevaba las armas, tal como lo aceptaban todas las soldaderas que en el mundo había habido? Manoteó, como si espantara moscas invisibles, y en los vidrios de sus lentes se dibujaron dos flamitas. ¿Estaba yo lurias? ¿Por qué no veíamos primero quién montaba mejor para saber quién tenía derecho a quedarse con el caballo? ¿Quería echarme unas carreritas, ahí en el establo había dos caballitos sin domar, bien calientitos, ella misma se los pedía a Paredón y los preparaba? La obligué a mirarme muy fijamente a los ojos, qué caray, no se trataba sólo de ver quién domaba mejor un caballito calientito sino de reconocer nuestras diferencias del cuerpo y del alma ante nosotros mismos y ante la sociedad. No iba a cambiar el mundo, por más que fuera tan buena amazona. Si algo tenía ella desarrollado era, precisamente, su feminidad, me lo demostraba cada noche, y hasta alguna que otra mañana, que se acordara si no. Al final dejé salir mi voz más turbulenta porque, en una palabra, ya me tenía hasta la madre con sus pretensiones de vieja marimacho, de diosa de la guerra, de defensora tribal, de Atenea armada hasta los dientes, la verdad es que era tan sólo una pinche escuincla de dieciséis años que no sabía nada de nada y no iba yo a largarme con los villistas —con todo el sacrificio, casi religioso, que me implicaba— a hacer el ridículo al llevar a mi mujer encima del caballo mientras yo iba a pie, cargando el montón de ollas, mirándola desde abajo mientras ella me miraba a mí desde arriba, como si la soldadera fuera yo, putísima madre. En ese plan, mejor ni me iba con Villa, para qué.

Ya nada replicó y nomás se soltó llorando a mares. Lloró y lloró aún cuando regresamos al jacal y nos acostamos en el catre. A ratos se dejó consolar —le di unos besitos apenas insinuados en los labios, en el cuello, en la frente, en el puente de la nariz—, pero más bien se hundió en sí misma como un caracolito triste, las facciones afiladas, no le alcanzaba el aire en los sollozos, se hizo bolita a mi lado dándome la espalda y así la oí quedarse dormida, llevándose el llanto al sueño porque comprobé que aun dormida seguía llorando, hasta temí que pudiera ahogarse y la cambié de postura, le dije palabras cariñosas al oído, a ver si también se le iban hasta adentro y la consolaban un poco.

X

Amigo mío, tengo la penosa impresión de que estoy empezando a empedarme. No, por favor, no tienes que hacer nada, nada. Sólo quédate tal cual estás, no te balancees tanto en el banco, ¡me mareas, carajo! Déjame a mí estirar un poco el dolor de las piernas, respirar hondo, oír el viento quejarse en la calle, adivinarlo correr desde el río hacia nosotros, alzarse para recibir a la noche que ya llega. ¿Ya llega? ¿Pues qué horas son? Yo tenía antes, aquí mismo arriba de mí, un bellísimo reloj de pared, pero picoteaba con tal fuerza el tiempo, hacía tal escándalo, se burlaba tan descaradamente de mi acelerada vejez, que tuve que quitarlo y tirarlo a la basura. Desde entonces no me importa qué hora es, así que déjame servirme un café bien cargado y, ya repuesto, contarte cómo fue que a la madrugada siguiente me desperté con un gran esfuerzo, sintiendo crujir mis huesos, con calambres y la cabeza pesada. A Obdulia la contemplé largamente, deseando besarla en la boca pero temiendo despertarla, seguro de que contemplándola así como la contemplaba la hacía mía por última vez. Le subí la frazada hasta el cuello, y por toda respuesta recibí un leve quejido gutural, casi un gruñido.

Don Cipriano me llamó a su recámara para que nos despidiéramos —yo con mi morral y mi saco de tres kilos de pinole en la mano, supuestamente la ración para tres días; Paredón aseguraba que con un puñado de pinole cada vez que tuviera hambre y luego un largo trago de agua de la cantimplora, me la iba a pasar de lujo, como el mejor de los gastrónomos, aunque yo guardaba mis serias dudas—, y quizá fue por la hora y porque, parecía, don Cipriano aún no se desprendía de las telarañas del sueño, pero me habló como no me había hablado antes, con una crudeza insufrible. Traía pantuflas, piyama de franela y una frazada en los hombros. Corrió el cerrojo que unía las mamparas de la puerta y me invitó a salir a la terraza helada, al rumor ululante de las frondas y de los pequeños animales nocturnos que huían del día inminente. Había sombras enloquecidas en la lejanía. Empezó con una pregunta absurda:

—¿Sabes bien a dónde vas, muchacho?

Hizo una larga pausa. Se llevó una colilla de puro a la boca y me pidió que fuera por los cerillos a la mesita de noche. Yo mismo se lo encendí y, al hacer cuevita para protegerla, la pequeña llama me caldeó la boca y la nariz. Don Cipriano aspiró una gran bocanada y la expulsó con fuerza, viendo elevarse las volutas de humo en el aire grisáceo del amanecer. Una franja de sol asomaba furtivamente, como sin decidirse aún a nacer, por el entrecortado perfil de las montañas.

Me dijo que, precisamente porque lo conocía tan bien, Villa ya lo tenía decepcionado, lo tenía decepcionado del todo y la verdad ni caso tenía que fuera yo a buscarlo, y no sólo por su barbarie y crueldad, sino sobre todo por su inestabilidad ideológica. Hoy peleaba contra los gringos, pero más por el reconocimiento que le dieron al gobierno de Carranza y porque no le entregaron unas armas que ya tenía pagadas —lo que propició su derrota en Agua Prieta— que por verdadera convicción política. Pero si Villa había sido pro gringo hasta hace poco, hombre. ¿Sabía yo del contrato que firmó con una compañía cinematográfica norteamericana para que lo filmaran en exclusiva? ¿Y sabía que cuando la invasión a Veracruz, el año anterior, Villa aceptó los hechos y ofreció no intervenir? Incluso, le mandó un sarape de Saltillo al general Hugh L. Scott, encargado de la invasión. (Eso del sarape de Saltillo a Scott me derrumbó emocionalmente y casi se me cae de las manos la bolsa con el pinole.) Había habido varios Villas, y el de la actualidad, le parecía, era el peor. Qué diferente aquel Villa con el que trabajó en el Palacio Municipal de Chihuahua, que creía que con "tierra para el pueblo y escuelas para los niños" resolvería todos los problemas del país. Estableció más de cincuenta escuelas en el breve tiempo de su gobierno militar —veía a un grupo de niños pobres jugando en la calle y ahí mismo les mandaba abrir una escuela—, repartió cuanta tierra pudo, estableció un decreto por el cual se expropiaban sin indemnización las haciendas más ricas, las cuales quedaron en manos de sus trabajadores, y puso también a sus soldados a estudiar y a trabajar en el molino, en el rastro, en los tranvías o en la vigilancia policiaca, pues sólo el estudio y el trabajo justificaban los tiempos de paz. Hoy me iba a encontrar que los mismos rancheros, antes villistas, ya no lo querían, porque Villa robaba y destruía desde que había asumido, hasta sus últimas consecuencias, su papel de guerrillero desalmado. En su desesperación había desarrollado un infinito deseo de venganza. Su odio tenía hoy la fuerza que antes tuvo su ejército. Por eso lo había pensado bien, casi no había dormido por estarlo pensando, y creía que lo mejor sería renunciar a la aventura de buscar a Villa...

Sentí que el alma se me iba al suelo. Renunciar a Villa significaba, sin remedio, regresar al ambiente, compacto y negro, en que había vivido —el hotel y el burdel eran sólo sus símbolos—, crecientemente degradado, sin una razón de peso para abrir los ojos por las mañanas, con la opresión norteamericana en la frontera como una bota militar en el cuello. Literalmente, pensé, prefería morirme. Sin Villa, sin el ideal por el que peleaba Villa, la parte buena de Villa, ¿qué me quedaba?

Don Cipriano debió notar mi desazón —los ojos se me humedecieron— porque lanzó la colilla del puro al aire, convirtiéndola en un cocuyo, sonrió y levantó la palma de una mano. Ésa era la verdad, tenía que hacerme a la idea, pero había que buscar una salida. La verdad, por serlo, siempre da salidas. Estuvo dándole vueltas toda la noche hasta que la encontró. Con Villa andaba hoy un hombre que sí era coherente en sus acciones y en sus ideas, ése sí antigringo por naturaleza —se decía que ya había matado varios, nomás por ser gringos—, y con proyectos de largo alcance para el país. Encontraría en él un verdadero guía espiritual. Se llamaba Pablo López, la carta que escribió era para él, que me olvidara de Villa y me concretara a buscarlo a él y a hacerme su amigo, le debía un par de favores a don Cipriano e iba a recibirme con los brazos abiertos, estaba seguro. En el cielo, el sol terminaba de deshacer las sombras y se imponía ampulosamente. Mi contacto sería un tal Abundio en la cantina *El Piojo*, en Tosesihua. Le di las gracias con mucho calor a don Cipriano, le encargué a Obdulia —me dijo que no me preocupara por ella: para mantenerla ocupada le iba a dar un trabajo pesado y de muchas horas en la cocina—, me pagó unos billetes azules, como ojos de gringa, por mi trabajo con su libro, y me regaló un sarape y un sombrero de fieltro gris, con una greca de hebras de pita blanca, típicamente villista, lo iba a necesitar allá, con el solón al que iba.

—¿Qué llevas para leer? —preguntó.

De mi morral saqué el *Bhagavad Guita*, que él mismo me había regalado.

—Llévate también éste, ya en esa línea y para que tengas muy presente a Madero.

En su diario cuenta que lo leyó en los descansos de la toma de Ciudad Juárez.

Abrí mucho los ojos al leer el título: *El libro tibetano de los muertos*, Dios santo, qué hubiera dicho el padre Roque de los laberintos por los que andaba yo metido.

Al salir de la casa, encontré a Obdulia con su atado de ropa en la mano.

—Déjame acompañarte, ¿sí? Hago lo que quieras: te dejo el caballo, cargo las cacerolas, te obedezco en todo, me vuelvo tu esclava, pero déjame acompañarte, ¿sí?

Dentro de un sentimiento de fascinación y terror a la vez —cómo andaría de nervioso que hasta volví a rezar, aunque nomás como un puro acto mecánico— Obdulia y yo nos trepamos en un tren que me obligó a asumir mi decisión, ya para ese momento no había regreso, cómo iba a haberlo si los postes de telégrafo se nos iban quedando atrás, dando de latigazos a las nubes, y luego de salir de la ciudad empezó la llanura, y unas tierras barbechadas, corrales vacíos con tierra pisoteada y majada fresca entre cuatro estacadas de mezquite espinoso; casas de adobe enjarradas, con las tejas rotas, como caras sucias; osamentas de animales casi antediluvianas; perros fantasmas que ladraban a nuestro paso; todo encogiéndose, dando tumbos hacia atrás en la ventanilla.

XI

El tren nos dejó por la tarde en Tosesihua, un pueblito abatido por el frío y, precisamente, por el miedo a los villistas. Descansaba en un angosto valle, tan angosto que casi merecería el nombre de cañada, y por eso los montes de los alrededores le caían encima en forma opresiva. En la estación —donde los telegrafistas dormitaban en sus sillas, con los pies encima de la mesa— me informaron que la cantina que buscaba, *El Piojo*, la única en el pueblo, la encontraría justo a un lado de la presidencia municipal. Sólo unas cuantas calles estaban empedradas y el cemento en los edificios de la placita central ponía un feo parche al conjunto ruinoso del adobe. La gente se escondía en sus casas para calentarse y para escapar a la leva, y por eso había un silencio pesado, casi visible, sólo interrumpido por las ráfagas de viento en los árboles, que gemían como arboladuras de navíos. A nuestro paso, curiosamente, las pocas puertas abiertas se cerraban y se cegaban las ventanas. En algunas de ellas, sin embargo, adiviné los ojos

fosforescentes que nos espiaban por un resquicio de las cortinas.

—Espérame aquí —le dije a Obdulia a
las puertas de la cantina.

Estaba repleta y de entrada sólo alcancé a distinguir una masa de siluetas semidi-
sueltas en nubarrones de humo. El olor denso
a orines, a tabaco, a alcohol, fue como un golpe
en la cara. Pero en realidad no fue el olor lo
que me impactó, sino el silencio sepulcral que
provocó mi llegada, con todos los ojos de los
ahí reunidos sobre mí. Ojos desorbitados por
el miedo, en rostros alargados y boquiabier-
tos. Di unos pasos hacia una de las mesas más
próximas, y quienes la ocupaban se pusieron
de pie de golpe y me cedieron su lugar, diría
que amablemente si no fuera por la rapidez y
los gestos de asco con que se alejaron de mí,
como si estuviera apestado. Puse mis cosas sobre la mesa y con un hilito de voz —nada es
tan contagioso como el miedo— pregunté por
Abundio. Un par de índices me señalaron al
cantinero, un hombre gordo y con un rostro
blanco y redondo como un queso, quien ner-
viosamente tomó una botella de sotol, salió
de la barra y fue a sentarse a mi lado. Bebí la
primera copa de golpe. No dejaban de mirarme los de las otras mesas y los que estaban de
pie en la barra, y empecé a sentir un deseo
irrefrenable de salir corriendo. ¿Qué sucedía?,
le pregunté a Abundio, quien en el lapso de
medio minuto me había servido tres copitas
de sotol. Entonces señaló discretamente mi
sombrero de fieltro gris, con su greca de he-

bras de pita blanca, típicamente villista, y comprendí mi error. Por eso también se cerraban las puertas a mi paso y se corrían las cortinas de las ventanas. Mi ostentoso sombrero era símbolo del terror que asolaba al pueblo. Me lo quité enseguida y lo puse abajo del sarape, pero el mal ya estaba hecho y nadie volvió a mirarme como a un ser normal. Abundio me contó que, esa misma semana, los villistas se habían llevado a dos burreros, así de jovencitos. Los vieron en la calle, aparejando los animales para el acarreo del agua, les preguntaron sus nombres y sus edades, y aún no terminaban de contestar cuando ya los estaban amarrando por la cintura, obligándolos a los puros jalones de la cuerda a correr detrás de los caballos, casi a rastras, perdiéndose para siempre dentro de la polvareda que levantaron. La orden de Villa era de lo más clara: *Aquellos que se rehusen a ingresar a mis filas, serán fusilados. Aquellos que se escondan y no se les encuentre, sus familias pagarán la pena.*

Ingresar a las filas del villismo significaba quedar fuera de la ley, vivir las peores torturas porque, se decía, Villa se había vuelto cruel hasta con su propia gente; convertirse en guerrillero, en bandolero, en roba vacas de la peor ralea y en las peores circunstancias porque ya ni había nada que robar —y vacas menos que nada— en los pueblos y en las rancherías de los alrededores y sólo se arriesgaba uno a que en cualquier momento lo mataran los carrancistas, que estaban por llegar.

Un poco más tranquilo —Abundio no dejaba de servirme copa tras copa, a medida de que el ardiente calorcito me bajaba por el pecho y me hacía cosquillas en el estómago, me sentía yo mejor— miré a la gente a mi alrededor y comprobé que, en efecto, tenía cara como de condenado a muerte. Repartidos en pequeños grupos, arracimados, formando puñitos, con las copas y las cervezas en las manos, jugaban a las cartas, fumaban sin tregua y cuchicheaban como avispas, pero no era difícil adivinar el miedo que los roía por dentro. Un miedo espeso, vibrátil, que les azogaba las pupilas. Apenas descubrían que yo los miraba, abrían paréntesis de inmovilidad y silencio, como si se convirtieran en estatuas.

Después de leer la carta que le mandaba don Cipriano, Abundio me pidió algo de dinero y me dijo que lo siguiera. Respiré mejor afuera de la cantina. Nos llevó a Obdulia y a mí a una plazoleta atrás de la presidencia municipal, con un gran pozo enmedio. Un chavalillo de unos doce años, con un sombrero de paja deshebrado y la cara cetrina picada de viruela, estaba sentado en el brocal y sostenía la rienda de un caballo flaco y negro, que bebía en los charcos formados alrededor. Abundio habló con él y le dio el dinero.

—El muchacho los llevará con los hermanos López. Recuerden que se llaman Martín y Pablo y no les gusta que los confundan. Hace tiempo que no les mandamos gente por lo que pueden sorprenderse de verlos llegar. Por eso, ahora sí usted póngase el sombrero y muéstreles la carta de don Cipriano lo más pronto posible. Aprovechen para cargar su cantimplora: no van a encontrar agua en un buen tiempo.

Mientras rechinaban las poleas del pozo al elevarse el cubo, don Abundio me bisbisó al oído que aunque el muchacho, que se llamaba Pedro, me pidiera más dinero no se lo diera por ningún motivo, y que tuviera cuidado con mis cosas en la noche porque podía aprovecharse de que yo dormía para robarme.

En ese momento descubrí que, como brotado de la propia tierra, alrededor de la plazoleta había aparecido un montón de gente escuálida, cadavérica, que me observaba expectante. Quizás algunos de ellos eran los hombres que había visto en la cantina, pero también había mujeres enrebozadas, cuchicheantes, niños famélicos y hasta bebés que se arrastraban por el suelo como culebritas. Me puso nervioso ser el centro de atención y tal vez fue la causa por la que, después de encasquetarme mi sombrero villista con cierto orgullo, al tratar de treparme al caballo —supuse que debía hacerlo yo primero para luego ayudar a Obdulia— me fui de boca. Simplemente caí como un fardo al otro lado del que me estaba trepando. Obdulia corrió a auxiliarme pero la pena me dolía más que el golpe y le hice señas para que se alejara. Permanecí un momento ahí tirado, maldiciéndome, quejándome, sobándome un codo y haciendo unos enredados esfuerzos por levantarme. Por fin lo logré, me puse de pie muy derecho y sacudí el polvo del sombrero de un garnuchazo. En la cara de Pedrito, nuestro pequeño guía, percibí una sonrisa maligna.

Por si acaso, antes de volver a montar, pregunté el nombre del caballo —*Trotamundos*— y lo acaricié con ancha mano desde el pescuezo hasta la cola, semejante al músico que, antes de tocar, tantea el cordaje de su guitarra. Le repetí su nombre cerca de la oreja, miré con ternura sus ollares dilatados en ruidosos jadeos, sus ojos húmedos de gotas calientes que, al resbalar, fingían el curso humano de las lágrimas. Al acariciar su belfo adolorido, llegó a mis narices su aliento vegetal: un puro y dulce aliento de inocencia. Me afirmé con decisión en el estribo y, por fin, logré quedar arriba del animal. Obdulia montó atrás de mí y me anudó sus manos por la cintura. Pedrito jaló de la rienda para sacarnos del pueblo.

XII

Te traje también estas fotos de cómo quedó
Columbus después de la invasión, los propios
gringos las tomaron porque al día siguiente
arribó al lugar un enjambre de periodistas. Mira,
éste es el hotel *Comercial*, en donde me eché, a
boca jarro, de un plomazo en la panza, a un
gringo pecoso. Estábamos en guerra y no me
tembló el pulso. Pobre tipo, la verdad, seguramente se hospedaba en el hotel por una o dos
noches, acababa de cerrar un negocito jugoso y
suponía que el mundo conservaba algún orden,
podía suceder cualquier cosa —incluida la llegada de los marcianos— menos que invadieran
su país los mexicanos. ¿Imaginas el momento en
que oyó el griterío y el tiroteo que andábamos
armando en la calle, salió del cuarto a ver qué
sucedía, y se encontró conmigo gritando "¡Viva
México, mueran los gringos!", al tiempo que
descubría mi arma apuntándole y el fogonazo
del disparo lo cegaba, obligándolo a llevarse
las manos al vientre herido? ¿Cuáles fueron sus
últimos pensamientos, sus últimas sensaciones?
¿Cuál fue su último concepto del mundo que
habitaba?

Nadie me había mirado con los ojos con que me miró un instante antes de rodar escaleras abajo, dando tumbos y quejándose a gritos, hasta aterrizar aparatosamente a mis pies, retorcido como un garabato, con una gran flor de sangre en la boca.

En Juárez había visto morir a otro gringo —no pude menos que asociarlos en aquel momento—, aunque en circunstancias muy distintas. Te cuento si me haces el honor de compartir conmigo esta botella de *Chablis* con una latita de sardinas portuguesas que ahora te voy a abrir. Fíjate, a mí el vino blanco me sirve para el desempance: quedo a mi mejor nivel y dejo de pistear sin un sentimiento de frustración, sin el desasosiego y el temblor de las manos que te produce parar de golpe cuando bebes cualquier otro licor. Haz la prueba, nos tomamos el *Chablis* y si quieres mañana continuamos. ¿De acuerdo?

Una noche, al salir del hotel *Versalles*, un compañero me dio el pitazo de que un gringo que ahí se hospedaba andaba buscando un buen burdel y decidí llevarlo conmigo por la comisión que me daba el Chino. Me subió a un Fordcito destartalado, que puso a andar después de media hora de darle vuelta a la manivela del motor, y del que hacía sonar al menor pretexto una bocina enronquecida, como si la sofocara el aire frío.

—*I'm so eager, boy...* —decía, y cerraba la mano con fuerza, como si escondiera ahí, en el puño, el deseo.

Tenía unos ojos azules y vidriosos que parecían errar sobre las cosas. Las vueltas a las esquinas sobre todo, eran vertiginosas. Medio entendí que el aire helado le sentaba mal, le subía el estómago a la cabeza y le bajaba la cabeza a los pies, y se señalaba las distintas partes del cuerpo. Había pasado toda la tarde encerrado en su cuarto, leyendo, con el calentador encendido. Aborrecía el frío. Yo iba muy atento a los nombres de las calles y con las manos prendidas al borde del asiento, en una actitud como de acecho.

De pronto, poco antes de llegar al burdel, detuvo el auto y me dijo que se sentía muy mal, traía el corazón desbocado, que manejara yo y lo regresara enseguida al hotel. Caray, no sólo tuve que soportarlo y verlo morir, sino que perdí la comisión y, además, el Chino me descontó la noche por no haberme aparecido en el burdel.

Llegó despavorido a su cuarto por el temor de contraer una pulmonía, dijo, al cabo de tantos años de cuidados minuciosos y precauciones excesivas, cómo podía haber pensado en ir a un burdel, *my goodness*. Se hizo preparar una limonada caliente con un chorro de *whisky,* se la tomó en la cama con dos tabletas de aspirina y sudó a mares envuelto en una manta de lana hasta que aparentemente recobró una respiración normal. Pero creo que su problema no era una posible pulmonía sino el corazón, porque a las pocas horas tenía un dolor clavado en el centro del pecho, de veras se estaba asfixiando y tuvimos que llamar a un médico, quien poco pudo hacer. El gringo ya no me dejó separarme de su lado, me apretó un brazo y se puso a hablarme en un inglés pastoso de algo que seguramente era muy importante para él porque tartamudeaba y los ojos se le enrojecían. Yo apenas si lo entendí. Las palabras crecían, amontonando recuerdos invisibles para mí. ¿Sabía que se estaba muriendo y quería hacer una especie de confesión? Tuvo que darse cuenta de que yo casi no lo entendía por mis ojos de sorpresa, pero no por eso dejó de hablar y de hablar, hasta que no pudo más y abrió una suave sonrisa y dijo *thanks*. Yo también me sonreí, ¿qué otra cosa podía hacer? Sacó un reloj de cadena de su chaleco, lo abrió y me mostró el interior de la tapa dorada, donde guardaba una pequeña y borrosa foto de una mujer de edad. ¿Quién era ella, quién era él mismo, qué tanto me había dicho? Al ver la foto, su cuello sin forma, el pelo entrecano y los hombros cubiertos por la cobija, le temblaban con un afán ya inútil. El cadáver viviente aún quería decirme algo y jaló y redondeó los labios en forma de o, pero fue por demás. Así, con esos labios, como si silbara, y apretando el reloj entre sus manos, murió al amanecer, cuando ya había manchas de sol en las cortinas corridas. Sentí mucha pena por él y me persigné. Finalmente, creo que me había simpatizado desde que entré por él a ese mismo cuarto, unas horas antes, cuando me decía, eufórico: *Really, I'm so eager, boy...*, muy tierno, hasta eso.

Esta foto es de la tienda *Lemon and Payne,* la principal en Columbus, antes de la invasión. Ahora mira cómo la dejamos después de incendiarla, qué tal, eh. Aunque, hay que aceptarlo, fue ese incendio el que propició que nos volviéramos blanco fácil para los gringos. Pero, en fin, si quieres conocer más detalles ve al museo que allá mismo abrieron. Te proyectan una película sobre cómo quedó hecha trizas la ciudad y cómo organizó Pershing la expedición punitiva (qué buenos son los gringos para filmar ese tipo de cosas, ¿a poco no?). Tienen una de las mejores colecciones de fotos y documentos sobre Villa y hasta un busto suyo de bronce. ¿Qué hubiera pensado Villa de saber que iba a tener un busto de bronce en Columbus? La encargada del museo, una mujer alta y rubia, de lo más amable, reconoce sin empacho que la ciudad —abatida desde que le desviaron el rumbo al ferrocarril que por ahí pasaba— sobrevive en buena medida gracias al turismo que va a preguntar sobre nuestra invasión del dieciséis. Para que luego digan algunos historiadores que fue un error político la invasión, nomás ve: hasta pusimos a Columbus en el mapa.

¿Me dejarías dormirme cinco minutitos en esa silla que está en el rincón? No es eso, te lo aseguro, qué terco eres, simplemente tengo la costumbre: una cabeceadita y quedo como nuevo para seguir hablando y bebiendo y haciendo lo que me da la gana. A veces me echo el coyotito con el bar a reventar y la música a todo volumen, imagínate si va molestarme tu presencia, por favor. Pon música, con confianza, sírvete otro trago o relee tus notas —si supieras la envidia que me da tu facilidad para escribir, yo llevo años luchando con la escritura más que con ninguna otra cosa, ¿y si algún capítulo lo escribiéramos juntos?—, son únicamente cinco minutos, cuéntalos. Sí, así sentado, verás, clavo el pico como pajarito y a los dos segundos estoy dormido, se lo aprendí a los villistas en la sierra. Mi mujer dice que ronco como trombón, pero ahora comprobarás que es falso.

XIII

Después de un rato, me bajé del caballo y trepé a Pedrito —me lo agradeció besándome la mano— y ante los ojos burlones de Obdulia ("mira, finalmente yo voy arriba del caballo y tú abajo", parecía decirme) hice tramos del camino a pie, jalando de la rienda. Nos metimos por un camino que serpenteaba entre ocasionales cuadrángulos de trigo pálido y lánguidos lanceros de maíz. El valle hondo y estrecho donde estaba enterrado el pueblo, ascendía, ganando horizonte, hasta quebrarse y volverse la falda de cerros sucios y secos. Traíamos encima un cielo color ceniza, hinchado de nubes que se movían como locas de un lado al otro, con relámpagos esporádicos en los rincones de la lejanía. Pero después nada, ya lo habrás comprobado. En Chihuahua la lluvia se evapora exactamente antes de llegar a las puntas de los montes, es su costumbre. Los abanicos verdes de mezquital parecían de cobre bruñido, y era de un verde terroso el halo que levantaba del suelo el trote indolente del caballo. Uno de los cerros velludos, que vi desde nuestra salida del pueblo, parecía alejarse conforme cabalgábamos hacia él, tan lenta era nuestra marcha.

—¿Nunca te suben al caballo a los que llevas con los villistas? —le pregunté a Pedrito.

—Nunca.

—¿Haces todo el camino a pie, jalando la rienda del caballo?

—Todo.

Me sudaba la frente bajo el fieltro del sombrero, pero más de desesperación que de calor, porque en realidad hacía frío. Mi boca se había convertido en una cueva que albergaba el polvo. Y es que *Trotamundos* avanzaba casi arrastrando el hocico por la tierra floja, como si la lamiera, tan cabizbajo iba, y como también arrastraba las pesadas pezuñas, echaba a volar gruesas capas de arena que nos envolvían.

Por momentos, tenía la impresión de que *Trotamundos* era el caballito de madera de un carrusel —con dos niños encima—, que apenas si daba vueltas por más que se lo jalaba. ¿Ves lo importante que fueron los caballos en mi aventura en Columbus?

El sol último de la tarde parecía que iba a quedarse fijo, atrapado en el horizonte. Yo por lo menos no sentía que se fuera deslizando trayectoria abajo y casi podía percibir su aliento bochornoso, sus bocanadas ardientes cada vez más cerca de nosotros.

A nuestra izquierda se extendía una larga meseta verdioscura, animada por brillos acuosos, tal vez a causa de algún riachuelo escondido entre el mezquital, como un espejismo alentador. A la derecha, en cambio, había altas rocas, abismos y quebradas.

Levantando despaciosamente una de las manos con que abrazaba a Obdulia, Pedrito señaló a su derecha las cimas más altas, las que se sucedían más filudas o dentadas, algunas con sus capuchones de nieve, macizas y solitarias bajo el cielo.

—Por ahí —dijo, provocándome un escalofrío súbito.

Jalé más fuerte de la rienda, pero *Trotamundos* apenas respondió. El derrumbe de mi ánimo trajo como consecuencia un plañir interno por lo perdido, el deseo imperioso de regresar al burdel del Chino Ruelas, al hotel *Versalles* o incluso al jacal de don Cipriano. Cualquier otro papel era preferible al de un iluso villista —cuando el villismo era ya un desprestigio— perdido con dos niños y un caballo cansino en la agreste sierra de Chihuahua. ¿O no?

—¿En cuánto tiempo se supone que vamos a llegar allá al paso que vamos, Pedrito? —le pregunté, señalándole las mismas cimas dentadas.

—En unas cuatro jornadas de andadura larga, cuantimás, cuantimenos.

—Yo sólo traigo pinole y agua para tres días, y si los compartimos no nos va a alcanzar ni para dos.

—Algo se encuentra por ahí.

Pero cuál, de abismo a cima ahí no se encontraban más que lagartijas escondiéndose dentro de las piedras, plantas secas rodadoras, órganos espinosos, polvo y un sol implacable aplastándose todo el santo día sobre los peñascos ya calientes de antemano. ¿Y en las noches qué puede encontrarse sino el viento helado que sale de su escondite y que todo lo endurece y lo raja, y que hiere los oídos con su rumor silbante de rastrojo agitado?

Una de esas noches en que bajaba la temperatura hasta ponernos a tiritar, y en que Obdulia, Pedrito y yo nos hacíamos bolita dentro del sarape milagroso que me regaló don Cipriano, abrazados y hasta dándonos un poco más de calor con el aliento compartido, le pregunté a Pedrito si había llevado mucha gente con los villistas.

—Sólo otro antes que ustedes, pero no llegamos hasta allá porque prefirió regresarse.

—O sea que ni siquiera sabes a dónde vamos, si es que vamos a alguna parte.

—Don Abundio me dijo que agarrando por este rumbo, los propios villistas nos iban a encontrar más tarde o más temprano, y que nos iban a jalar con ellos, porque jalan con ellos a todo el que se encuentran por aquí.

—O también podemos desbarrancarnos en alguno de estos desfiladeros, total, por lo visto de lo que se trataba era de deshacerse de mí, y de paso de ti. ¿Cuánto dinero te dio Abundio?

Tuvimos que desanudarnos para que saliera del sarape. Buscó en su morral y mostró unos cuantos billetes azules: ni siquiera la mitad de lo que yo le había dado a Abundio. Vaya robo. Sentí un deseo irrefrenable de lan-

zar los billetes al aire, pegar de gritos, ponerme a cantar, pero me conformé con una risa
nerviosa, cascada, que los asustó visiblemen-
te —sólo les faltaba que me volviera loco—, y
tuve que contarles la verdad, incluida la supuesta precaución que debía tomar al dormir
porque Pedrito podía robarme. En lugar de
preocuparse o indignarse o ponerse triste,
como era de suponerse, también él empezó a
reír sin parar. Pedrito era un muchacho flaco y
huesudo —dormí abrazado a él cuatro noches—, con unos ojos hondos y vivos, la piel
cetrina de su rostro picado despiadadamente
por la viruela, y una sonrisa muy abierta y
desgajada que ponía a brillar sus dientes pro-
tuberantes. De la misma manera que compar-
tíamos el aliento al dormir, los tres nos pusimos
a compartir la risa creciente, doblándonos,
obligándonos a hacernos señas de que no
podíamos más, llevándonos las manos al estómago, mordiéndonos los labios para no continuar.

El problema fue que, ya embalados en
la risa, cualquier cosa que decíamos volvía a
acelerarla, indomable.

—¿Y si, en efecto, nos encuentran los
villistas pero ya muertos de frío, así abrazados
como estamos ahora, hechos bolita?

—¿Y si piensan algo raro de nosotros
por estar tan abrazados?

—¿Y si no llegan pero nosotros tampoco encontramos el camino de regreso?

—¿Y si llegan pero nomás a matarnos?

—¿Y si nos pica una víbora?

¿Me creerías si te dijera que esas noches perdidos en la sierra fueron en las que, finalmente, más cerca me sentí de Obdulia, a pesar de que no podíamos hacer el amor y ni ganas que tuviéramos? Debíamos conformarnos con dormir abrazados —y Pedrito a su vez abrazándome a mí— y si acaso darnos un beso y decirnos alguna cosa al oído.

—¿Ves cómo podemos compartirlo todo? —decía ella.

—Sí, morirnos de hambre, por ejemplo.

—No me importa si estoy contigo y te siento cerca.

—Allá también estábamos cerca.

—Pero no es lo mismo. Prefiero morirme de hambre aquí que de aburrimiento allá, todo el día encerrada en esa cocina horrenda, al lado de aquellas mujeres tan agüitadas.

Obdulia y Pedrito dormían a pierna suelta y yo en cambio permanecía en una duermevela amarga, con tembladeras y un dolor transeúnte que me andaba por todo el cuerpo y al final iba a refugiarse al estómago, quizá por el hambre que padecía ahí. Mi mente, como el ciervo acosado, buscaba sitios de refugio ya conocidos, y por ello mi consuelo se volvió el cielo hirviente de estrellas que nos envolvía. Recordaba cuando, años atrás, según consejo del padre Roque, parte fundamental de mi iniciación mística consistió, precisamente, en tenderme por las noches en la arena del desierto a contemplar la intensa vida del cielo y pensar en la superioridad de la Iglesia, en su destino invulnerable. Qué distinto el sentimiento de aquel momento. ¿Aunque era en verdad tan distinto? En las tinieblas heladas de la alta noche, bajo las estrellas y entre las moles de los cerros y de los barrancones, no podía menos que retornar la intensa y expectante devoción de antaño, por más que la vocación sacerdotal se hubiera esfumado y dudara de la existencia de un dios personal. ("¿Sabes que la Iglesia es el cuerpo de Dios en la tierra y los sacerdotes los ministros de Jesucristo? ¿Lo crees sin una gota de duda en ti?")

La lasitud aparente del cuerpo echado no era sino la tensión contemplativa. Así, el trazo lechoso de la Vía Láctea cortado por oscuras grietas, el suave tejido de araña de la nebulosa de Orión, el brillo límpido, único, de Venus, el resplandor contrastante de las estrellas azules y de las estrellas rojas, me atraían con la fascinación de un abismo. ¿Quién advierte la muerte de una estrella cuando todas ellas viven quemándose a cada instante? La luz que vemos es quizá tan sólo el espectro de una luz que murió hace millones de años, y sólo existe porque la contemplan nuestros pobres ojos, desde esta tierra de expiación que habitamos.

Quizá, como es lo más probable, Cristo no haya sido Dios, quizá ni siquiera mi cuerpo sea obra de Dios sino de otros cuerpos, pero sí mi espíritu, y la intuición de ese espíritu me sobra y me basta para continuar, concluía.

Para continuar, por ejemplo, apenas aparecían los primeros síntomas de sol. Amodorrado, con los huesos congelados, calambres por todo el cuerpo y la cabeza como de plomo. La ración de pinole era cada vez más frugal: un puñito apenas, pero lo que más me preocupaba era el agua. Dicen que la muerte por deshidratación en el desierto es de las peores. La cantimplora ya casi no pesaba y yo prefería que sólo nos humedeciéramos los labios a renunciar definitivamente al agua.

Y así seguimos otro día más, turnándonos Pedrito y yo sobre *Trotamundos*, trepando cerros desamparados, descubriendo laderas cortadas a pico y valles interiores de piedra —siempre de pura piedra—, hondas barrancas que descansaban sobre cauces resecos, caminos en los que los abrojos y los matorrales grisáceos eran el único descanso que tenía la vista. Seguíamos ya medio sonámbulos, con una máscara de tierra y guiñando los ojos contra el sol, dejando que *Trotamundos* atendiera solo los accidentes del suelo, lo que por lo demás no implicaba ningún peligro ya que a duras penas se movía, hasta que de pronto dejó de moverse del todo y tronó, como si más que faltarle el agua y el alimento estuviera lleno de ellos. Quedó con el hocico cubierto de baba verdosa y los ojos en blanco. Pedrito lloró desconsolado.

—¿Qué tiempo tenías con él? —le pregunté.

—Unos días.

—¿Quién te lo regaló?

—Lo encontré muy solo en las afueras del pueblo, por donde acababan de pasar los villistas, lo tomé de la rienda y me lo llevé.

—¿Quién le puso *Trotamundos?*

—Don Abundio le inventó el nombre cuando nos encontramos con usted. Yo no le decía de ningún modo.

Así que seguimos los tres a pie con paso trastabillante, rasguñando los polvorones de tierra para subir los montes, o en bajadas de piedras jabonosas en que había que pisar con mucho cuidado para no irse de bruces, sin siquiera un pájaro en el cielo que nos hiciera sentir menos huérfanos. Aunque miento: en algún momento descubrí arriba de nosotros un zopilote suspendido dentro de la capa de calor, con las alas inmóviles, él también como irreal, adormecido por el bochorno; visitante que no nos hizo sentir menos huérfanos, sino verdaderamente aterrados.

Lo peor de todo era que ni siquiera sabíamos a dónde nos dirigíamos y por momentos hasta se me olvidaba a quién buscaba. Me preocupé seriamente cuando traté de rezar el Padrenuestro y no logré pasar del "Padre nuestro que estás en los cielos... "

Hasta que por fin, como te decía, la cuarta madrugada —aunque no podría asegurarte exactamente cuál de ellas fue—, con una orla azulada asomándose por el entrecortado perfil de las montañas y al pie de un pirul, nos descubrió un grupo de hombres desharrapados y con grandes sombreros de ala doblada, que nos apuntaba con sus carabinas. Froté los párpados y las lucecitas interiores que me nacieron no lograron sino confundirme aún más la visión. Deben de haber pensado que estábamos medio muertos —como en efecto estábamos— porque uno de ellos se inclinó a sacudirnos con jalones bruscos. Sin salir aún del sueño —¿has visto lo profundo que son los sueños cuando se duerme con hambre?— tuve ante mí unos espantosos ojos atornillados al fondo de un cráneo, aterradores nomás por lo hundidos que estaban.

—¡Soy yo, soy yo! —me puse a gritar como idiota—. ¡Vengo de parte de don Cipriano Bernal!

A rastras fui por mi morral y saqué la carta. El hombre de los ojos hundidos se la puso muy cerca de la cara —quizá por la misma situación de sus ojos— pero no pareció entender gran cosa porque después de un instante movió la cabeza a los lados e hizo un gesto que consistió en trepar los hombros hasta casi tocarse con ellos las orejas. Algunos de los otros sombrerudos bajaron sus carabinas y también se asomaron a la carta, pero ninguno comentó algo. Me la regresaron al tiempo que me preguntaban:

—¿Villistas?

—Para todo lo que se ofrezca —contesté.

—¿Qué hacen aquí?

—Los buscábamos a ustedes, qué otra cosa. Pero nuestro caballo reventó y tuvimos que seguir a pie. Ya casi estamos muertos de hambre y de frío —y tirité un poco para hacer más creíbles mis palabras.

—¿Y pa' qué nos buscaban?

—Para pelear a su lado contra Carranza y contra los gringos, contra quién si no.

—¿Y ella? —preguntó uno de ellos señalando a Obdulia.

—Ella es mi esposa —dije, atrayéndola un poco hacia mí.

—¿Cómo sabemos que no son espías?

—Por esta carta que traemos para Pablo López de parte de don Cipriano Bernal, que es muy su amigo —y le agité la hoja enfrente—. En ella se explican mis antecedentes, mis costumbres y toda mi intención de unirme a Villa. Miren, hasta traigo mi sombrero villista —lo tomé del suelo y me lo puse, provocando risitas y cuchicheos.

—Vénganse pues con nosotros. Si de veras son gente de bien, los vamos a necesitar.

XIV

Ya en el campamento, la noche de ese mismo día, nos llevaron a una fogata donde se mecía, sobre cuatro palos cruzados, una olla de barro que levantaba un humo espeso. A su alrededor, las mujeres nos sonreían, murmuraban entre dientes y hacían ruidos de pájaros, embozadas con los rebozos, algunas con sus niños envueltos como nudos de lombriz en esos mismos rebozos. Una de ellas, muy flaca y hosca, le explicó a Obdulia los procedimientos para servirme la comida.

—¿Entendiste, muchacha?

—Sí, señora —respondió Obdulia, con las chispas en los lentes de cuando empezaba a enojarse.

—¡Pos ándele, qué espera, muchacha fregada, apúrese que su marido debe tener mucha hambre! —agitándole groseramente una mano en la cara.

Recibí el plato hondo relamiéndome los labios. Estaba hirviendo y tuve que soplarle, removerlo con la cuchara y esperar un poco para empezar a tomarlo. Pedrito, por el contrario, lo bebía a una velocidad inaudita directamente del plato, sonriente y con sus mejillas cacarizas encendidas, barnizándole los labios cada trago. También comí carne salada y —ése fue mi error— más pinole. Desde entonces no puedo ver el pinole. El caso es que, apenas terminé de comer, corrí desaforado a las afueras del campamento a vomitar como pocas veces lo había hecho antes, con arcadas que me estremecían todo el cuerpo. (Padezco, para mi desgracia, las dos clases de vómito: el de regurgimientos que brotan despacio, en borbotones llenos de grumos y espuma, que se deslizan por la barbilla o las mejillas, y también el llamado vómito en proyectil, que a veces salpica a distancias inconcebibles.)

Regresé enjugándome la frente con la manga de la camisa, y debió verme muy mal el hombre de los ojos hundidos, quien se llamaba Ulises, porque me metió a una tienda de campaña, me echó una frazada encima y me dio una palmada en el hombro.

—Por hoy duérmete aquí.

—¿Pero y mi mujer?

—Se encargarán de ella las otras mujeres —dijo. Ya no me parecieron tan hundidos sus ojos, y hasta diría que les descubrí un calor insospechado.

Al día siguiente encontré a Obdulia con una cara de cansancio como no se la había visto cuando andábamos perdidos. Sus brazos parecían integrados a la piedra en la que preparaba la masa para las tortillas. Me miró levantando apenas los ojos por sobre los lentes y trató de sonreírme pero no pudo, tuve la impresión de que trató de sonreírme pero no le salió la sonrisa de lo mal que se sentía, la pobre. Sentí mucha pena por ella y yo sí le sonreí abiertamente.

Supe que desde antes del amanecer empezó a trabajar en el lavado de la ropa, en el acarreo del agua y de la leña y en la preparación de la comida, al lado de las otras soldaderas: mujeres andrajosas, también exhaustas, con apariencia enfermiza, de piel ajada y huesos salientes, con ojos airados y desasosegados.

Por las noches, ya a mi lado, Obdulia se quejaba desesperada. Las soldaderas comían las sobras y no tenían un minuto de descanso. Hasta la mierda que los soldados y los caballos hacían cerca del campamento, o dentro del mismo campamento, debían recogerla y llevarla a tirar al río. La mujer flaca y hosca, quien parecía la jefa, las trataba a los puros gritos e insultos y hasta les propinaba fuertes palmadas en la espalda.

Le comenté a Ulises lo buena que era Obdulia para montar y para disparar un arma. ¿No habría manera de separarla de las otras soldaderas y encomendarle una misión especial, o algo así? Había yo oído de mujeres que cruzaban a El Paso y regresaban subrepticiamente con miles de rondas de munición. Total, la veía tan mal que prefería arriesgarla en una misión especial a que se me muriera de la puritita tristeza. Ulises sonrió en forma despectiva y chasqueó la lengua: estaba yo lurias, si Villa la veía con un arma en la mano y montada en un caballo, él mismo la bajaba de un plomazo. Hacía unos meses, para no ir tan lejos, mandó fusilar a una de ellas porque corrió el chisme de que se había robado un arma. "Prefiero ver al demonio que a una mujer con un arma", decía Villa. Y es que desde el incidente de Santa Rosalía les había agarrado cosa a las soldaderas y bastante hacía con permitir que hubieran unas cuantas ahí en el campamento. Pero que no me preocupara: a la larga, las viejas se acostumbran a todo, a todo, y Ulises me dio una palmada afectuosa en la espalda. Así que, por lo pronto —y antes de que su desesperación la llevara a meterse con otro hombre, ya te contaré—, Obdulia tuvo que resignarse a su suerte, sin más consuelo que llorar y ocasionalmente hacer el amor conmigo por las noches.

Enseguida me presenté con el tal Pablo López, el segundo de Villa por aquel entonces. Algo debió saber leer, y algo debió recordar a don Cipriano, porque, aunque en tono muy seco, me dijo que era bienvenido, ordenó que me dieran un fusil, y que me uniera a la tropa enseguida. Las pesadas cananas cargadas de parque fueron, a partir de ese momento, una verdadera cruz en mi pecho. Lo de un caballo ni lo mencionó (si de algo andaban escasos los villistas desde que se metieron de guerrilleros, era de caballos precisamente, y había que hacer méritos especiales para ganarse uno). Tenía ojos redondos, anchos pómulos angulosos y una docena de pelos erizados a cada lado de la boca. Pero lo que más me impresionaron de él fueron sus dientes: amarillos, filosos aunque muy pequeños, carniceros. Su hermano Martín era igualito a él, únicamente sin la docena de pelos erizados a cada lado de la boca.

—Vamos pues a matar gringos —me dijo, chasqueando la boca y haciendo referencia a un pasaje en que algo mencionaba don Cipriano en su carta sobre el tema.

Dicen que la primera imagen, cuando conoce uno a alguien, es la importante. Pero quizá no lo es menos la última, cuando nos despedimos de ese alguien o nos enteramos de su final. Yo me despedí (es un decir) de Pablo López al salir huyendo de Columbus, con las tropas gringas detrás de nosotros, pisándonos los talones. Luego me enteré de que lo habían herido y capturado, ya en tierra mexicana, los carrancistas. Para Carranza fue un golpe de suerte capturar vivo al villista que había comandado el ataque a Columbus. Lo mandó fusilar desplegando el mayor aparato publicitario de que era capaz, con boletines periodísticos a todos los diarios nacionales y norteamericanos: que no quedara duda de cómo se castigaba en México a los bandoleros que se atrevían a invadir a nuestros buenos vecinos del norte.

En Chihuahua, desplazándose a duras penas con unas muletas, fue llevado al patíbulo entre un enjambre de curiosos y de periodistas. Como última voluntad, pidió que fueran alejados todos los gringos que estuvieran presentes. Aparentemente le fue concedida —ya te imaginarás el lío—, aunque no podía faltar el que se quedara por ahí, periodista con toda seguridad, asomándose furtivamente entre las cabezas de la primera fila. Pablo López lo descubrió, lo señaló con un índice certero y de nuevo detuvo la ejecución con la voz de mando a que estaba acostumbrado.

—¡Ése es gringo! ¡Tiene toda la pinta de ser gringo! ¡Sáquenlo!

El comandante del pelotón (seguramente simpatizaba con él en secreto) volvió a concederle la petición.

López lanzó a lo alto las muletas antes de recibir la descarga de la muerte, mostró el pecho dentro de la mejor tradición de los gestos patibularios, y sus últimas palabras fueron resaltadas por todos los periódicos que reseñaron el suceso, además de que quedaron como símbolo para quienes habíamos corrido a su lado la aventura de Columbus:

—¡Viva México! ¡Mueran los gringos!

Tal como me lo habían advertido, ya poco quedaba de la antigua División del Norte, la que vi entrar como tromba a Ciudad Juárez en mil novecientos trece, con aquella facultad casi alada de cabalgar, como si en realidad fuera a emprender el vuelo en cualquier momento. Para entonces se trataba de un reducido y desastrado grupo de guerrilleros que se arrastraba por inercia, sonámbulo, y que en la mirada llevaba la huella de las derrotas sufridas. Y no sólo en la mirada. También en las vestimentas, en los trapos de color indefinido que algunos usaban, en las viejas carabinas Winchester amarradas con alambre en las culatas rajadas, en los rifles Mauser raspados como suela de zapato. Hasta en los caballos, te decía.

—Aquí en la sierra las campañas son muy duras, y más ahora en invierno, y necesitamos dejar descansar constantemente a la gente y a la caballada —me explicaba Ulises, con quien finalmente hice cierta amistad—. ¿Para qué nos serviría la gente? Y si la caballada se nos cansa, ¿dónde la reponemos? No es lo mismo ahora que hace cuatro años, cuando matábamos caballos por cientos y en unas cuantas horas los reponíamos de las haciendas. Ahora, ya ves, no hay caballos en todo Chihuahua, y dentro de poco vamos a tener que meternos a Coahuila o a Nuevo León a buscarlos, porque lo que es Chihuahua ya no sirve para hacer revoluciones.

Y no sólo las miradas, la ropa, las armas, los caballos, sino hasta el viento y la tierra parecían en contra. Ahí donde estaba instalado el campamento, el viento, siempre helado, se arrinconaba y endurecía, y en las mañanas se divisaba en lo alto como una deslumbrante coraza. Ya por la tarde bajaba en forma de lluvia seca y fina como polvillo de madera que no cesaba hasta el alba y acribillaba los ojos y escocía la piel. Y si de casualidad le prestaban a uno un caballo para cabalgar un rato, era peor, porque entonces se enfrentaban la fuerza personal y la del viento, y del golpe siempre salía mal librado el rostro, que terminaba por envolverse en la nube y tragarse todo su polvo, transfigurándose en una máscara lívida.

Así, me integré —yo con la ventaja de un ánimo exaltado: por fin podía luchar por *algo*, lo que no conseguía desde mis mejores años en el seminario— al grupo de guerrilleros que salía por la mañana del campamento a pie o en caballos tembleques, la carabina tendida sobre el vientre, los ojos apagados y los largos cabellos apelmazados en una pasta de polvo, sudor y grasa.

—Mejor guerrillero con Villa que esclavo de los gringos —nos repetía Pablo López.

Por las noches, hombres y bestias se agitaban en una oscuridad espesa y hostil, con el intermitente resplandor de las fogatas que se extinguían. Obdulia y yo nos arrebujábamos dentro de nuestro sarape y ocasionalmente, cuando su estado de ánimo lo permitía, hacíamos el amor. Tuvimos que aprender a gozar sin ruido, sin el menor ruido, porque una noche en que Pablo López nos descubrió haciéndolo, jadeando y removiéndonos dentro del sarape, nos destapó y a mí me dio un golpazo en las nalgas desnudas con el lado plano de un machete.

—¡Cállense o me los descabezo! —nos gritó, furioso.

Me enteré de que, en efecto, todos lo hacían pero en el más absoluto silencio, porque a últimas fechas el general Villa no soportaba oír los ruidos del amor. Quizá como consecuencia de la situación política tan difícil que vivía —y, sobre todo, después del incidente con las soldaderas en Santa Rosalía—, Villa les agarró verdadero asco a los ruidos del amor. Él mismo, con su propia mano, se había echado a una pareja porque no hicieron caso a su advertencia y soltaron algunos jadeos muy ostentosos. Villa los alcanzó a oír, fue hasta ellos y ahí mismo, sin siquiera deshacer el nudo amoroso, les soltó un par de plomazos.

Por eso Obdulia y yo aprendimos a hacerlo sin emitir un solo ruido y hasta casi sin movernos. Tenía su mérito. Aprendí a hablarle muy quedito al oído, sin importar lo que dijera sino el puro murmullo, o a acariciarla muy por encima, a flor de piel, sin prisa, suavemente, hasta que ella misma me buscaba los labios, ya desesperada de que la rozara y la oliera tanto. El peso de su cuerpo era leve y tenía un perfume dulce, exclusivo de la noche (en el día, era lógico, nuestros olores tenían que percibirse diferente). Le besaba las manos, le besaba mucho las manos, lo que siempre le provocaba ternura.

Cómo explicarle que lo mejor de nuestra aventura se realizaba al hacer el amor así, en silencio, casi inmóviles, con la noche desnuda del desierto encima. Sólo ahí, sin las trabas de la vigilia y del trabajo rutinario, podíamos despertar juntos las imágenes más vertiginosas del deseo. Por eso cerrábamos los ojos, para concentrarnos mejor en lo que hacíamos, como si en realidad lo estuviéramos soñando.

Por momentos se le iba del todo la tristeza del día y la sentía reír silenciosamente en la sombra, con un estremecimiento en la piel que era como una alegría total que entraba en ella y la arrimaba aún más a mí.

Lo más difícil era desvestirnos —por lo menos lo necesario— dentro del sarape y sin ruidos. ¿Has visto lo difícil que es quitarte las botas sin moverte y sin hacer nada de ruido? Por eso lo frecuente era que nos conformáramos con acariciarnos por debajo de la ropa.

Ya con más confianza —imagínate nomás, con ella, con quien justo me había yo iniciado—, en una ocasión intenté algo que había leído en Santo Tomás que era el peor de los pecados en el amor, incluso peor que el mismísimo incesto. Qué tentación para terminar de poseer a Obdulia. Primero se replegó, se negó, se arqueó cimbrándose: eso no, ya te dije que eso nunca, la boca apretada, la voluntad de no ceder.

—Oh, nos van a oír, te digo que nos van a oír, Pablo López nos va a cortar la cabeza con su machete —dijo al yo insistir.

Y:

—Eso me dijiste que es el peor de los pecados.

Pero era precisamente la posibilidad de que Pablo López nos cortara la cabeza con su machete, que Santo Tomás condenara esa postura amorosa como el peor de los pecados y, sobre todo, la negativa y los movimientos convulsivos de Obdulia, lo que me impulsaba hacia adentro, aún más hacia adentro, para vencer la primera resistencia, obligarla a volverse de espaldas y sentir que la

vergüenza alcanzaba su término y algo nuevo
nacía en su queja; una queja que se empapa-
ba de admisión. El descubrimiento de que no
era insoportable, cómo iba a serlo si su gozo
me llegaba a través de su piel estremecida, de
su mano que también me buscaba a mí por
entre las ropas, sosteniéndola yo por el pelo
para obligarla a estarse quieta, poseyéndola
más y más, como nunca antes, mientras la
suponía murmurar —porque, te digo, ruido,
lo que se dice un ruido, no hacíamos ninguno— que la lastimaba, que me saliera, que por
favor se la sacara, que un poco solamente, que
le ardía, que era horrible, que no podía más,
espérate hasta que me acostumbre, amor, sí
me gusta pero muy despacito, así, te lo pido,
te lo suplico. Con un quejido diferente —pero
silencioso— cuando me sintió vaciarme dentro de ella, mordiéndonos los labios hasta san-
grarlos para evitar el grito, tan unidos que toda
su piel era mi piel —y eso que apenas si habíamos logrado desnudarnos de la cintura para
abajo, fíjate—, un mismo caer rotundo de
nuestros cuerpos a la tierra, de la que en realidad no habíamos salido.

Luego, ya de espaldas, deshecho el
confuso ovillo de caricias y de quejas mu-
das —toda palabra abolida por el asco del
general Villa a los ruidos del amor— el resbalar alucinado de las estrellas sobre nuestros
rostros, el mejor momento del día.

Obdulia se me metía al pecho para dor-
mirse y con frecuencia decía:

—Quisiera que no amaneciera nunca.

En el campamento sólo se oía el crepitar de las fogatas apagándose, el bordoneo de los insectos, ruiditos múltiples, confusos, disímiles, lejanos, algún relincho ocasional y las respiraciones acompasadas de los que dormían.

Yo todavía me dejaba flotar unos minutos más antes de dormirme, lejos de mí mismo pero de cara a ese cielo del desierto que me ilumina nomás de recordarlo, te juro.

XV

Una tarde le conté a Ulises que me había encontrado al general Villa en el arroyo, entre los matorrales, en las circunstancias tan penosas de las que ya te platiqué.

—Si no me mató allá mismo, capaz que lo hace ahora, apenas me descubra aquí, entre su gente.

Ulises pareció de veras preocupado, muy amable como siempre fue, y me dio el peor de los consejos:

—Jíjole, yo creo que ahorita, en caliente, es mejor que de plano le pidas una disculpa al general Villa. ¿Crees que te reconozca?

—Cómo no me va a reconocer si me vio directamente a los ojos porque los dos estábamos en cuclillas.

—Pos fájate bien los pantalones, a propósito de lo que te acaba de suceder, y vamos a ver qué pasa.

Y digo que fue el peor de los consejos porque si dejo pasar unos días quizá el general Villa hubiera olvidado el incidente y al volverme a ver ni me hubiera pelado ni nada, y ya, punto. En cambio así, con lo sucedido aún fresco, ni me fusiló y sólo conseguí apenarlo más al pedirle la disculpa, que me salió muy forzada y capaz que ni siquiera se entendió como tal. Nomás medio que se rió, estirando sus bigotes lacios, se acentuó lo achinado de sus ojos y volvió a rehuir mi mirada. Dijo: "Ah qué muchachito éste", y se acercó a Ulises para hablarle de otro asunto.

A partir de ese momento, tengo la seguridad de que me rehuía. Lo vi matar a sangre fría a varios de mis compañeros por razones nimias —un chisme, un intento de robo, una falta de disciplina durante alguna de las marchas—, pero a mí me rehuía, estoy seguro. Yo me le acercaba y me encantaba oírlo cuando hablaba —tenía siempre la actitud del prestidigitador que está a punto de descubrir la suerte inesperada—, pero era tan notorio que mi presencia le molestaba, que terminé por evitársela en la medida de lo posible.

Sólo cuando íbamos a salir rumbo a Santa Isabel, me dijo mirándome directamente a los ojos:

—A ver si es cierto que, como dicen, tienes tantas ganas de matar gringos, muchachito.

Hasta ese momento, mi aprendizaje había consistido en asaltar y descarrilar trenes, desclavando los rieles o atravesándoles un caballo muerto. También derrumbábamos a hachazos los postes de telégrafo. No era un espectáculo muy edificante ver los rieles levantados, los durmientes que yacían desordenados en los terraplenes, haciendo compañía a los alambres de telégrafo, que se enredaban como enormes telas de araña. Y sin embargo, me decía, sólo destruyendo ese mundo falso podríamos después construir uno nuevo y libre. Con la ventaja de que, ya encarrilado en esa idea, todo se valía, y hasta resultaba divertido asaltar los trenes y desvalijar a los pasajeros asustados. Saqueábamos el convoy de la misma manera en que las hormigas devoran un trozo de pan.

En el asalto a un cuartel en la sierra de Santa Gertrudis me eché a mi primer cristiano, un carrancista que salió de entre unas rocas con la pistola apuntándome —por lo menos eso me pareció—, dio dos pasos hacia el frente gritando algo que no entendí, poniéndose de puritito pechito para que yo nomás levantara ligeramente la carabina y disparara. Dio una marometa hacia atrás, dentro de una nube rojiza, con el sombrero suspendido en el aire, y cayó boca abajo en la tierra, con unos movimientos convulsivos que un instante después cesaron. De pasada, y sin que nadie me viera, me persigné por lo bajo. Hasta ese momento me atemorizaba más la idea de la muerte ajena que la mía propia, y pensaba mucho en esos pobres soldados, de los dos bandos, enganchados por la fuerza, lejos de sus tierras y de sus hogares, sin haber conocido nunca el significado de la palabra "legalidad", por la cual exponían todos los días sus vidas. Pero, como bien me había enseñado don Cipriano, en un momento como aquél no podíamos andarnos con sentimentalismos respecto a la muerte de nuestros enemigos porque el futuro de la patria estaba en juego. Más valía erradicar la infección desde el fondo de la herida, metiéndole todo el bisturí, que nomás limpiarla superficialmente. En esto me ayudaba mucho pensar en Madero —él, que nomás limpió la herida superficialmente— y algunos pasajes del *Bhagavad Guita*, como éste que tengo marcado en el libro, mira, en que Arjuna, incitado por el Señor, ha de pelear contra Dhristarashtra, rey de Kurús, y su congoja es mayúscula al reconocer en sus huestes a amigos y familiares cercanos. Clama Arjuna: *Oh, Señor al ver a mis amigos y familiares presentes ante mí con tantos ánimos de pelear, la razón se me ofusca y la mente me da vueltas. Sólo descubro infortunio. ¿De qué sirve un reino, la felicidad, o incluso la propia vida, cuando todos aquellos a quienes amo y respeto, se encuentran alineados contra mí en este campo de batalla?*

La respuesta del Señor es contundente: *Te afliges por lo que no debes afligirte y has pronunciado vanas palabras. El sabio no se entristece ni por los vivos ni por los muertos. Yo nunca dejaré de existir, ni tú, ni estos amigos y familiares tuyos. El No-Ser jamás ha existido y el Ser jamás ha dejado de existir. Tal como un hombre se quita sus vestidos usados y toma otros nuevos, así el alma encarnada abandona los cuerpos gastados y pasa a otros nuevos. Las armas no hieren el alma, el fuego no la quema, las aguas no la mojan y el viento no la seca.*

O sea: la muerte no existe, así de sencillo. Podía matar a todos los carrancistas y gringos que quisiera, al fin tarde o temprano iban a renacer, lo que no dejaba de ser una chinga y, en el fondo, una nueva frustración.

La tarde que salimos rumbo a Santa Isabel nevó. Se formaron unos nubarrones negros que dieron tumbos en el cielo y, repentinamente, se dejaron caer en forma de copos de nieve del tamaño de pesos de plata. Todo lo atravesaban: ramajes y telas. Hasta el general Villa, luego me enteré, se quejó: la nieve había entrado a su tienda, enfriándole el café y echándole a perder un mapamundi que ahí tenía. No se detuvo la marcha, pero al rato nuestras ropas chorreaban agua como si las hubiéramos sacado del río. El cinc del techo del tren, a donde algunos intentaron trepar, se puso tan resbaladizo que rodaron al suelo. Pero nuestra mayor preocupación eran las armas, ya de por sí en tan mal estado. Y luego con una misión enfrente como la de Santa Isabel. ¿Has oído hablar de Santa Isabel? Ah, de eso te platico mañana, hoy no puedo más. La pinche borrachera ya se me subió y se me bajó quién sabe cuántas veces, carajo, todo tiene un límite: yo conozco muy bien el mío. Si por momentos me aplatano y se me baja un poco la euforia, otra copa —pero hay que tomarla en chinga— vuelve a levantarme y a ponerme aún más contento. Pero si descubro que ya ni esa última copa me levanta, entonces estoy jodido, el cuerpo me puso un alto, encendió un foco rojo, hay que irse a jetear unas cinco o seis horas para al día siguiente, ya lo verás, continuar tan fresco, como un hombre nuevo. Mira, ni siquiera nos terminamos la botella de *Chablis,* cómo andaremos de cansados. Lo entiendo, pero tampoco puedo hablar y hablar toda la noche: los recuerdos se me van a reburujar, no abuses, no es lo mismo tu edad que la mía. Está bien, pues, pero únicamente lo de Santa Isabel y ya, ¿de acuerdo? A lo mejor tienes razón: fue el vino blanco el que me provocó tanto sueño. Voy a intentarlo, por última vez —pero por última vez, lo juraste—, con más café negro y un poco de tesgüino, una bebida muy de por aquí: maíz fermentado y yerbas. Échaselo al café para que no te sepa tan fuerte. Y empújate otro trocito de queso: éste es de los que agujera el estómago si no lo sabes tomar.

XVI

Imagínate la siguiente escena:
    El seis de enero de ese mil novecientos
dieciséis se dio, en el hotel *Paso del Norte* de
El Paso, en un salón privado, un banquete en
honor del general Álvaro Obregón. El motivo:
haber derrotado en Celaya, ahora sí en forma
definitiva, a Francisco Villa. Asistieron políticos prominentes de los dos países, autoridades de las ciudades fronterizas, comerciantes,
periodistas, invitados especiales y el estado
mayor del general Obregón. La luz incierta del
invierno entraba con timidez por los balcones
entreabiertos y aislaba los perfiles iridiscentes
de los candiles, hacía resaltar los cortinajes de
terciopelo y la madera pulida de los muebles,
se reflejaba en los grandes espejos y en el cristal de las copas. En el menú tuvo preferencia
la comida norteña: menudo, cabrito, burritos,
frijoles con chile, aunque también había —como
era de esperarse— muy buenas ensaladas. De
beber, los meseros lo mismo ofrecían *whisky*
que tequila y hasta sotol. Antes de empezar a
comer, el alcalde de El Paso, míster Tom Lea,
un güero gigantesco, se puso de pie, y en un
inglés salpicado de palabras en español —que

traducía diligentemente un intérprete sentado a su lado—, propuso un brindis por el general Obregón, por la paz y el progreso que significaba para los habitantes de la frontera su triunfo aplastante sobre el guerrillero Francisco Villa. Lo de guerrillero lo dijo en español; al seguir refiriéndose a él, agregó calificativos como truhán, bandolero o robavacas, también en español. Juárez y El Paso eran ciudades hermanas, dijo. Y, quizá, más que hermanas, gemelas. ¿Por qué no engrandecerlas al unísono? Había un proyecto muy concreto —y agitó un papel en el aire—, que le acababan de presentar, un intercambio comercial, una apertura fronteriza como nunca antes la había habido, un compromiso de comercio libre que las beneficiaría conjuntamente.

—¡Viva Méccico, viva Guáresss, viva El Paaaso Tecsas, vivan los Estados Unidos de Norteamérica! —terminó.

El aplauso fue atronador.

Los reflejos dorados en los ojos del general Obregón delataban su vivacidad y su altivez, complementadas por el porte erguido, los bigotes arriscados y los labios finos que sonreían con ironía. Vestía un uniforme blanco con botones de cobre y un quepí con un águila bordada sobre tejuelo negro. Parecía particularmente ocurrente ese día porque desde su llegada hizo algunas bromas y, después de hablar Tom Lea, se puso de pie, levantó su copa de champaña, brindó por los dos países, agradeció los honores y dijo que, en efecto, la derrota de Villa y el reconocimiento norteamericano al gobierno del presidente Carranza, significaban, nada más y nada menos, que el final de la guerra civil en México y el principio de la verdadera recuperación del país. Pero agregó algo que desconcertó a algunos de los presentes:

—Como ha señalado el señor alcalde, míster Lea, El Paso y Juárez son, más que hermanas, ciudades gemelas. Sólo que en condiciones muy distintas. Una es rica y la otra es pobre, una es bonita y la otra es fea. Esto no tiene remedio, fue el destino de las gemelas. Pero sus diferencias más importantes no son sólo la riqueza y la pobreza, la belleza y la fealdad. Porque, además, están las diferencias del lenguaje, de la religión, de la filosofía, de las costumbres. Pocos lugares en el mundo son tan diferentes estando tan cerca. En uno impera la organización, en el otro la improvisación, en uno el progreso y en el otro el retraso. Bueno, hasta en los sabores de la comida —y señaló su propio plato—, cruza uno el puente y pasa, de los sabores artificiales, a las especias más picantes. Qué suerte, por otra parte, porque las dos ciudades son magníficas para vivir y para comer. Salud.

Todos se pusieron de pie y aplaudieron con entusiasmo y sonrientes, aunque algunos —entre los mexicanos— también intercambiaron ojos de asombro: Obregón le llevó la contra a míster Lea en lo de las ciudades gemelas que debían crecer al unísono; señaló despiadadamente sus diferencias y, lo peor, dijo que la comida de El Paso era a base de sabores artificiales, o sea insípida, en cambio a la de Juárez la caracterizaba un sabor a base de especias picantes, o sea delicioso.

Aun así, el banquete fue un éxito y se comió y se bebió animadamente hasta casi el anochecer, cuando el último rayo de sol se deslizó despaciosamente por la pared principal y anunció que era hora de partir. En ese momento, el señor Charles Watson —bajito, grueso, misteriosamente desaliñado a pesar del traje oscuro y la corbatita de moño—, gerente de la compañía minera *Cusi Mining*, se formó en la larga cola de comensales que se despedían del general Obregón, y al llegar a él, y en un español bastante fluido, lo felicitó y le preguntó en voz baja si, en fin, no creía que hubiera peligro en viajar con algunos de sus colaboradores a sus propiedades en Cusihuiriáchic, que tenía tan abandonadas. Propiedades, por cierto, de lo más redituables durante el porfiriato, aunque con la Revolución hubieran venido a menos. ¿Conocía el general la importancia de sus minas en la región? Obregón entrecerró los ojos y contestó por Dios, no sólo las conocía sino que estaba de acuerdo en que eran las más importantes de la región desde el porfiriato, en qué podía ayudarlo para que se restableciera el progreso en la compañía ahora que el orden se había restablecido ya en el país entero. Watson sólo insistió: ¿no habría peligro en que viajara con veinte de sus colaboradores más cercanos a la minas para hacer una revisión general de su situación? Se trataba de un problema puramente administrativo, de organización, que en un par de semanas quedaría resuelto. México, ya en paz, era la mejor opción para invertir, lo sabía por experiencia propia el señor Watson. Obregón estuvo de acuerdo e hizo una seña muy amable a la fila de personas que lo esperaba para despedirse de él, era sólo un momento más, este asunto le interesaba sobremanera, tan apuesto y simpático el general Obregón. El presidente Carranza controlaba toda la República —con excepción de Morelos y de Guerrero, había que reconocerlo—, y precisamente de lo que estaba pidiendo su limosna el gobierno era del retorno del turismo, del dinero, de los negocios, del intercambio comercial, como lo acababa de confirmar el alcalde Lea. Villa y sus gavillas de bandoleros, asaltando trenes y robando a los norteamericanos, eran historia pasada. Un nuevo sol iluminaba a México. Mandó llamar al cónsul, Juan García, con un ligero chasquido de los dedos y le pidió que le extendiera al señor Watson los salvoconductos que necesitara, quedaba a sus órdenes, iba a tener que marcharse esa misma noche a Sonora pero estaría al pendiente, habían sido todos los asistentes al banquete tan amables, qué más podía decirles. Watson todavía insistió: y por si acaso, general, nomás por no dejar, ¿por qué no les ponía una pequeña escolta que los acompañara a Cusihuiriáchic? Obregón sonrió ya un poco impaciente, e hizo un gesto negativo con la mano: no había ninguna necesidad, señor Watson, que se olvidara de aquel México, por favor, y confiara en el de hoy, que nacía esplendoroso.

Watson hizo la reservación de un vagón completo, el más lujoso, para salir tres días después, un lunes, rumbo a Cusihuiriáchic; reservación de la cual nosotros nos enteramos en la sierra casi enseguida, al día siguiente para ser más exactos, tal era el asombroso sistema de espionaje que conservaba Villa en el estado.

Se tomaron las medidas pertinentes para asaltar el tren y darles una pequeña lección a los gringos, algo de lo que Villa traía ganas desde hacía tiempo. Se le encomendó la delicada misión al capitán Pablo López —con cien hombres, todos a caballo— por sus antecedentes y sus méritos en el trato con los norteamericanos: nadie entre nosotros había matado tantos, y sobre todo, nadie los odiaba tanto.

Un tramo del viaje lo hicimos en un tren asaltado días antes para tal efecto. Nos llevó hasta un punto en el que, supuestamente, no correríamos el riesgo de ser descubiertos por los carrancistas. Los caballos fueron amontonados en las jaulas y los hombres, igualmente amontonados, en carros sin asientos y sin puertas. En el cabús, con su farola de pupila verde, iban Pablo López y su gente de confianza. Por los boquetes de cada lado del carro en que yo iba se colaba un aire que gruñía a mis espaldas. Viajábamos a oscuras y sólo ocasionalmente nos descubríamos unos a otros cuando alguien encendía un fósforo.

Sentados en el piso o recostados en las colchonetas, cubiertos con los sarapes, con el sombrero sobre la cara o conversando en voz baja, se respiraba esa emoción única, previa a las batallas —aunque en este caso sólo se tratara de ir a matar a unos cuantos gringos.

Ya a caballo, y por la mañana, alcanzamos al tren que llevaba el vagón con los gringos, poco antes de que llegara a la estación de Santa Isabel. Lueguito le soltamos bala y tuvo que detenerse. Fui de los encargados de bajar a los pasajeros de origen extranjero, dentro de un gran desorden porque, a pesar de lo perentorio de nuestras armas, en los pasillos mal alumbrados de los coches dormitorios todos gritaban en inglés, se quejaban, aullaban y salían abotonándose las camisas o ajustándose los cinturones. Afuera, Pablo López clamaba a voz en cuello:

—¡Que no quede ningún maldito gringo escondido por ahí!

Por uno de ellos, muy remilgoso, tuve que ir hasta un saloncito con alfombras mullidas y sillones de terciopelo rojo. A punta de cachazos lo saqué para que se formara, junto con sus compañeros, afuera del tren, en hilerita a lo largo de la vía. Pablo López les ordenó que se desnudaran, que se desnudaran del todo, incluso que se quitaran los calzoncillos, porque en esa forma iban a ser fusilados, denigrándolos así aún más. Creo que más que fusilarlos, me dio pena verlos desnudarse, temblándoles las manos y con una lentitud desesperante.

A los que habíamos bajado a los gringos del tren se nos encargó formar el pelotón de fusilamiento (quizá como un premio). El propio Pablo López, muy solemne, con un brillo en los ojos que no le supuse, sacó una espada de la vaina y la puso en alto al tiempo que nos daba la orden:

—¡Por la derecha! ¡Alinearse! ¡Firmes...! ¡Preparen armas!

Los gringos, ya encuerados, no dejaron de temblar (hay que pensar que era pleno invierno, sería injusto achacarle toda la tembladera al miedo), con la piel pecosa aún más pálida en la claridad de la mañana. Algunos se hincaban, juntaban las manos, clamaban al cielo, se movían de un lugar al otro, no había manera de mantenerlos quietos; uno de ellos, llorando a moco tendido, hasta se cagó y se orinó, situación de lo más vergonzosa que preferí no ver volviéndome un poco. Otros, hasta eso, permanecieron muy derechitos y con la mirada imperturbable, si acaso con los labios apretados y las venas del cuello palpitantes.

Luego Pablo López nos comentó que se saltó el trámite de preguntarles su última voluntad porque de todas maneras, al decirla en inglés, no íbamos a entenderla.

—¡Apunten! ¡Fuego!

Por cierto, fue al regresar de Santa Isabel que descubrí que Obdulia se metía con otro hombre, aunque nunca averigüé con quién. El derrumbe emocional que me significó no podría describírtelo, amigo mío. Ya desde antes le había visto unas huellas muy raras en los brazos y hasta un golpe muy ostentoso en una mejilla, pero ella explicó que dizque se había peleado con una de las soldaderas en el río, y aunque las huellas en los brazos parecían producto de dedos muy largos, le creí y no pregunté más. Pero al regresar yo de Santa Isabel las mordidas rosáceas que le descubrí en el cuello, y otra vez los dedos muy marcados en los brazos, me obligaron a dudar. A los puros jalones —imagínate, con su carácter— me la llevé a un lugar solitario, por el rumbo del río precisamente, y la obligué a desnudarse a plena luz del día. Mejor dicho, le tuve que sonar un par de moquetes para que se dejara arrancar la blusa y la falda, y entre sollozos mutuos e insultos descubrir lo que era evidente: el pecho y las nalgas las tenía con mordidas recién hechas, como pequeños tatuajes de flores rojas, pendejo de mí, cómo jijos no me las olí desde antes. ¿Cuándo, a qué horas, en dónde, con quién lo había hecho? Su respuesta terminó de encenderme:

—¡Nunca lo sabrás! Primero me muero que decirte con quién lo hice. ¿Te duele que me meta con otro hombre? ¡Si me quisieras más debería dolerte ver el andrajo humano que me he vuelto aquí, menos que un perro, menos que un animal de carga! ¡Mátame y me haces un favor!

Y de veras casi la mato. En mi cabeza chisporroteaban toda clase de fantasías: yo también morderla hasta desangrarla, ahogarla en el río, apretarle su hermoso cuello, en donde descubrí su deseo incipiente, hasta que los ojos se le botaran y comprobara que no respiraba más, romperle la cabeza con una piedra que tenía al lado, llevarla con las otras soldaderas y contarles lo que me había hecho para que ellas mismas la colgaran de un árbol, como era la costumbre. Pero tan sólo le quité los lentes y los lancé a lo lejos. Me quedé sobre ella obligándola a separar los labios para hundirle ávidamente una lengua que se afanaba contra la suya y que por poco me arranca. Le contuve los arañazos apresándole las manos y la obligué a abrir las piernas, a liberar los grilletes que me imponía.

—¡No quiero coger contigo nunca más! ¡No quiero coger con nadie nunca más! —gritaba.

Se replegaba negándose, se revolvía en la tierra, la voluntad de no ceder le apretaba la boca o se la abría a gritos, a espumarajos, a mordidas cuando le acercaba mi barbilla o mis labios. Sus ojitos miopes eran dos pequeñas aves aleteando enloquecidas.

Ni siquiera alcancé a venirme porque en cierto momento ya sólo aflojó el cuerpo y se metió en un prolongado puchero que la ahogaba y le mantenía apretados los ojos y los labios, con una expresión tan infantil como no se la había visto.

—¡No quiero volver a verte! —le grité un instante antes de ponerme de pie.

Y de veras no volví a verla. Ese mismo día se robó un caballo y se largó a quién sabe dónde. Quizá se fue con el otro hombre con el que andaba, aunque lo dudo porque pregunté y al día siguiente no faltaba ningún soldado en el campamento. Tiempo después la busqué en el burdel del Chino, pero tampoco ahí sabían de ella y doña Eulalia ya trabajaba en un burdel que acababan de abrir en Delicias. No insistí. ¿Para qué? Te digo, preferí quedarme con el recuerdo de cuando nos conocimos, las primeras veces que estuvimos juntos, los días que pasamos perdidos en la sierra, de esa forma puedo yo solito descubrirle nuevos detalles al recuerdo, magnificarlos, y hasta quizá, ¿por qué no?, inventarlos, total.

XVII

Desde fines de enero, Villa intentó la invasión a Estados Unidos por el rumbo de Ojinaga, pero fueron tantas las deserciones —nomás los rumores hicieron huir a la mitad de nuestra gente— que prefirió posponerla un par de meses. Por eso luego fue ya en Palomas, pequeña ciudad fronteriza a unos cuantos kilómetros de Columbus, donde Villa nos hizo saber su decisión. Esa tarde del ocho de marzo nos habló como yo no lo había oído, con una inspiración que le quebraba la voz y lo obligaba a detenerse a cada momento por la cantidad de lágrimas que derramaba. Nos juntó a sus casi cuatrocientos hombres —después de que la División del Norte tuvo miles— en la falda de un monte, y él se puso en el lugar más alto para que todos lo oyéramos bien y no nos quedara lugar a dudas de lo que decía. El sol pareció también pasmarse en lo alto y se levantó una brisa que puso a chasquear los huizaches y las nopaleras.

—Muchachos, ora sí llegó el mero momento bueno en que se decidirá el futuro de nuestra amada patria, y a ustedes y a mí nos tocó la suerte de jugarlo. ¡Vamos pues a jugarlo valientemente! Ya aquí, ni modo de rajarnos. Nuestro resto a una carta, como los hombres que traen bien fajados los pantalones para apostar. O lo ganamos todo o lo perdemos todo, total. En esta frontera de Palomas está la raya mágica que nos separa de la gloria o de la perdición. Estamos muy cansados, lo sé, por eso no podemos esperar más, ni un segundo más. Son muchos años de pelear desde que nos levantamos contra don Porfirio. Luego, ya ven, peleamos contra los colorados de Orozco, contra los pelones de Huerta, contra los carranclanes de Carranza. Hoy nos toca darles a los gringuitos sus trancazos, ni modo. Hemos peleado contra todo y contra todos, pero siempre por el mismo ideal, nuestro ideal no ha cambiado para nada. Es la causa del pueblo, la que obligó a don Francisco Madero a levantarse en armas contra la tiranía. Quiero decirles que Madero es el hombre al que yo más he querido y respetado, por el que me inicié en este asunto de la guerra, y por quien aún sigo aquí. Por eso su foto me acompaña a todos lados, en las buenas y en las malas —y de un bolsillo de la casaca, del lado del corazón, Villa sacó una foto de Madero y la puso en alto—. Mírenla. Aquí la pueden ustedes ver. Esta foto la veo yo a cada rato y se me llenan los ojos de lágrimas y se me quitan los temores que a todos nos dan. Me digo: si él dio su vida que valía tanto, ¿por qué no yo la mía que apenas si vale? Y veo la foto y me entran las ganas de luchar por los

ideales que nos dejó y de acabar hasta la ex-
tinción total de sus asesinos. Asesinos que, hoy
lo sabemos, están allá —y señaló hacia tierra
mexicana—, pero también, y sobre todo, están allá —y señaló hacia tierra norteamericana—. Fueron los gringos quienes utilizaron al
traidor de Victoriano Huerta para derrocar al presidente Madero. Así como hoy utilizan al traidor de Carranza para apoderarse del país y
robarse los mejores frutos de nuestra tierra.
Esos mismos gringos ladrones que pretenden
manejar nuestros gobiernos a su antojo, quitar y poner autoridades como se les pega la
gana y según lo dictan sus intereses económicos y políticos. Hablan de democracia, ya
ustedes los han oído, pero a nosotros nos tra-
tan como animales si llegamos a trabajar a sus
tierras. Animales, bestias de carga, esclavos
que sólo responden al chasquido del látigo,
eso somos para ellos. O nos utilizan o nos
roban o nos rocían con gasolina y luego nos
prenden fuego, como acaba de suceder hace
unos meses con cuarenta mexicanos que intentaban cruzar legalmente el puente del Río
Bravo. Ahora ya andan otra vez con querer-
nos invadir porque dizque nosotros mismos
no sabemos gobernarnos, y cómo vamos a
saberlo con un traidor como Carranza en la
presidencia, pero no lo van a lograr porque
nosotros nos les vamos a adelantar. Hoy sólo
entramos un ratito aquí a Columbus, les da-
mos unos trancazos y nos regresamos, para
que vean que no les tenemos miedo y de lo que
somos capaces. Porque luego va a venir la

verdadera guerra con ellos, apenas llegue por aquí el señor Emiliano Zapata con todas sus tropas, me han asegurado que ya no tarda. No vamos a parar hasta vengar tanta ofensa como nos han hecho los gringos a lo largo de la historia. Entonces habrá paz y progreso en México y nuestros hijos heredarán una tierra libre y digna.

Tuvo que interrumpirse porque las lágrimas ya no lo dejaron continuar, y quizá fueron esas lágrimas las que terminaron de inflamar nuestro ánimo para levantar al unísono nuestras armas:

—¡Viva Villa! ¡Viva el presidente Madero! ¡Viva México! ¡Mueran los gringos!

Pero Villa no entró a Columbus —nunca he entendido por qué después de cómo nos habló—, se quedó en Palomas, y Pablo López salió al frente de la columna. Sólo la mitad de nosotros, o menos, iba a caballo (una de las instrucciones era, precisamente, hacernos de los caballos del cuartel, con la mala suerte de que nosotros mismos los matamos), pero como Columbus estaba a tiro de pájaro de Palomas, no parecía problema que los hombres de a pie llegaran a reforzarnos una vez que estuviéramos en la ciudad y tuviéramos controlada la situación, lo que tampoco sucedió, y por eso los hombres de a pie fueron de los que más mataron. Los pobres llegaron al centro de Columbus corriendo, ahogándose, con sus armas desvencijadas, cuando nosotros los de a caballo ya salíamos huyendo, por eso les fue como les fue. A Pedrito, que también iba a pie, lo arrestaron y como era menor de edad no lo pudieron fusilar. Lo mandaron a una correccional para menores de donde salió años después, estudió allá y, ya como ciudadano norteamericano, se casó con una pochita muy mona, tiene cinco hijos y abrió una tintorería de gran éxito en el propio Columbus, a donde puedes ir a saludarlo cuando gustes.

Yo me había ganado mi caballo desde los méritos que hice en Santa Isabel, y la verdad es muy distinto el sentimiento al invadir una ciudad norteamericana a caballo que a pie. Digo, supongo.

Nuestro éxito —el que pudo haber sido nuestro éxito— es que nadie en Columbus, ni en ninguna otra parte, podía suponer nuestra intención. En aquel tiempo, casi todos los días aparecían notas en los periódicos de una posible invasión norteamericana a México, pero de México a Estados Unidos, ¿cuándo?

Desde que, cabalgando dentro del mayor silencio posible, cruzamos la frontera, nos adentramos en territorio americano, y vimos el tenue resplandor de la ciudad a lo lejos, yo sentí que me adentraba en el pasillo de un sueño —no se me quitó la sensación de irrealidad en ningún momento—, que estaba viviendo un privilegio único que, quizá, muy pocos mexicanos volvieran a vivir. Y, bueno, revisa nuestra historia de entonces para acá.

Por ahí se veían encendidos unos cuantos faroles en las esquinas y en la estación de ferrocarril. Ladridos intermitentes de perros. La ciudad de Columbus es muy pequeña y en forma de chorizo —con todos sus edificios importantes en la misma avenida, la Bondary—, así que la estrategia era, literalmente, barrerla, destruyendo todo cuanto encontráramos a nuestro paso. Por instrucciones del propio Villa, había que saquear el banco, una tienda llamada *Lemon and Payne*, muy bien surtida y, sobre todo, detenerse en el hotel *Comercial* para pedirle cuentas a un tal Samuel Ravel, quien le debía a Villa unos rifles Springfield que ya le había pagado.

Entramos exactamente a las cuatro y cuarto de la mañana, lo sé porque uno de los primeros tiros que disparamos le dio al reloj de la aduana, deteniendo su funcionamiento. No me di cuenta durante esa misma noche, por supuesto, pero luego al ver las películas que filmaron los gringos lo descubrí.

De un lado de esa calle principal, apenas a la entrada, estaba, en efecto, el cuartel con sus quinientos soldados dormidos: el XIII Regimiento de Caballería de Estados Unidos, al mando del general Herbert Slocum. Del otro lado de la calle, quién podía adivinarlo en la oscuridad, estaban los establos. Pablo López nos dijo: al primer disparo que suelte, todos al galope, al grito de "¡Viva México! ¡Mueran los gringos!", y a acabar con ellos, muchachos, que no quede uno vivo, señalando enseguida, para su desgracia, el lado equivocado de la calle. Fue un volado y lo perdimos, como nos ha pasado tantas veces en la historia de México. ¿Qué hubiera sucedido si Pablo López atina?

Ahora que, como te digo, el momento en que Pablo López soltó el primer disparo al aire e hincamos las espuelas al tiempo que gritábamos: "¡Viva México! ¡Mueran los gringos!", con el corazón enloquecido afuera del pecho y la sensación de que violábamos lo prohibido, que nos metíamos a donde nunca nadie, en esa forma, se había metido, ¿quién nos lo quita?

Una vez que acabamos con los caballos —en donde dejamos nuestro mejor entusiasmo y la mayor parte de nuestro parque—, y apenas nos dimos cuenta de nuestro error, nos seguimos de frente a buscar otros sitios que atacar, ¿qué otra cosa podíamos hacer para compensar la frustración? Yo por eso me seguí de filo, a todo galope, dentro de la galería de rostros convulsos que salían de las casas asaltadas, tropezándose, con niños en brazos o levantando las manos en señal de rendición, corriendo hacia todos lados como hormigas espantadas. Llegué al hotel *Comercial,* que ya había encendido sus luces, y bajé del caballo. Entré y me troné al gringo aquél, que te conté, al pie de la escalera, el único que salió a recibirme, y pregunté a gritos por Samuel Ravel, pero ¿quién iba a contestarme si, con toda seguridad, los huéspedes que quedaban habían salido despavoridos a la calle o estaban encerrados en sus cuartos a piedra y lodo?

Entonces me di cuenta de otro grave error cometido por mis compañeros: prenderle fuego a la tienda *Lemon and Payne* (o quizá fue un accidente, ¿por qué echarnos a

nosotros mismos la culpa de todo?), atiborra-
da seguramente de artículos inflamables, lo
que iluminó en forma esplendorosa la calle por
la que andábamos con nuestro relajo. Y no es
lo mismo echar ese relajo —pegar de gritos,
tirar balazos al aire, acribillar los vidrios de las
ventanas, dar vueltas como trompo en el caballo, tronarse a quien encuentra uno en el camino—, que organizar un verdadero ataque con
las armas y los hombres en los puestos ade-
cuados: exactamente lo que hicieron los soldados norteamericanos una vez que despertaron,
para nuestro infortunio. De pronto, el desorden y la confusión en nuestras filas fueron
totales. Los pequeños grupos de villistas que
se habían formado se diseminaron, pulveriza-
dos más por el miedo que por el ataque enemigo mismo.

Ya ni siquiera pude volverme a trepar
al caballo, me metí en un callejón y salí corriendo por la parte de atrás de la ciudad (lo
que me salvó). ¿Cuánto tiempo duró mi carrera desbocada? En pleno llano tropezaba,
resbalaba, gateaba, me arañaba las manos
en la tierra y en los arbustos, me levantaba
y hacía equilibrios. A mi corazón resentido
le faltaba la respiración.

A mis espaldas, como aprisionada en
una caja, zumbaba la ciudad. No podía evitar
volverme a cada momento para comprobar
que ahí seguía. Por más que me alejaba, con-
tinuaba su resplandor creciente, y de pronto
unos destellos y unos reflejos indescifrables,
infernales.

Corría veloz pero doblado, con la barbilla clavada en el pecho, presintiendo hipnóticamente que me pisaban los talones, que uno de esos disparos que aún alcanzaba a escuchar me estaba destinado, que en realidad corría hacia él, que me aguardaba para tarde o temprano poner fin a mi fuga loca, vergonzante.

A veces, cuando caía por tierra, sentía una extraña sensación bienhechora. Respiraba profundamente, metía la cabeza dentro del pecho, escuchaba el retumbar de mi corazón rebelde, sentía pena de mí mismo. ¿Qué hacía ahí, Dios mío, qué hacía ahí? Estaba mareado y sentía náuseas; incluso, como me sucede siempre en situaciones extremas, intenté vomitar, suponiendo que después me sentiría mejor, pero no lo logré y tan sólo me arqueé convulsivamente. Mejor morir que seguir huyendo así, pensé. ¿Dónde había quedado mi valor a toda prueba, mi fe en que había que perder la vida para salvarla, mi profunda convicción de que nuestra lucha contra los gringos era justa y digna, quizás la última posibilidad de salvar al país?

¿Has sentido alguna vez ese miedo, amigo? Es lo peor que te puede suceder porque dejas de ser quien eres. Ese miedo es la pérdida de la verdadera identidad, te lo aseguro. Dejas de tener ideas, convicciones, esperanza, valores morales, conciencia del "otro" y yo diría que hasta de ti mismo. Eres, tan sólo, un pedazo de carne atemorizado, autónomo, instintivo, ciego.

¿Para qué engañarme? Corrí en esa forma porque huía no sólo de los gringos, sino de algo que era mucho peor (¿o mucho mejor?) que ellos y que me caía encima, muy poco a poco, como un gran manto oscuro cerniéndose, como cubre el cielo de la noche a la tierra, sabiendo que a partir de entonces ya todo estaría perdido —Dios, la fe, la política, Obdulia, uff—, y que yo había quedado de este otro lado de las cosas, lejos, irremediablemente lejos.

En la ladera de la montaña vi brotar unos jacales como hongos, y hacia allá me dirigí. Entré en uno de ellos como tromba. La penumbra interior parecía impenetrable y sólo un momento después pude dar alguna configuración a las sombras. Había unos petates con gente durmiendo. Encendieron la luz pálida de un velón de sebo, y un hombre bajito y desgreñado se puso de pie y se acercó a mí. Casi caí en sus brazos y le dije brevemente lo que sucedía. Desenrolló otro petate, deshilachado por las orillas, y lo extendió en un rincón. Me dejé caer y dormí hasta el mediodía siguiente.

XVIII

Como comprenderás, a partir de ese momento, lo único que me quedaba por hacer era
precisamente eso: cualquier cosa (abrir este
bar en El Paso mismo, beber, hablar o escribir
sobre Columbus, o echar esta baraja: qué ex-
traño que se haya caído una carta al suelo y
sea un siete, míralo), con un desánimo capaz
de tragarse mi presente y cualquier futuro posible como el mar a un naufragio. Pero tiene
sus ventajas. Desde hace años, espero lo que
va a pasar como si no tuviera que hacerlo yo,
como si fuera un visitante quien lo hiciera,
alguien, un "otro", que también vive en la
montaña Franklin y atiende el bar *Los Dorados*. Cierro los ojos —compruébalo— y me veo
como si me viera desde el techo. O desde más
arriba, desde mucho más arriba. Es impresio-
nante la distancia que puede uno ganar para
verse a sí mismo. Doblado sobre el mostrador,
escribiendo algunas de estas notas —¿no más
bien estaré dormido o ya muerto, tú?—, cubierto por mi edad incalculable, por mis culpas,
por mis fábulas y por mis cuentos; cubierto por
unas paredes tachonadas con fotos de la Revo-

lución, por el poco aire de esta habitación sofocante, por la distancia tan corta que me separa de la tumba, ¿o no? ¿Tú qué crees?

Dime, contéstame algo.

¿Dónde estás, periodista del demonio? ¿Insistes en no salir de tu escondite? Pues qué poca madre, porque yo fui muy amable contigo desde que llegaste y me entusiasmé tanto con el reportaje que te contesté preguntas francamente indiscretas como las referentes a Obdulia —no tenías ningún derecho a hacerlas—, y hasta te mostré mis libretas y mis recortes de periódico. Ni siquiera abrí la puerta —cuando todavía podía abrirla— en las horas en que llegan los clientes a tomarse su copa habitual, con tal de que no nos interrumpieran. ¿Tienes idea del dinero que perdí por tu culpa? Ahora resulta que me va a costar tu dichoso reportaje, que ni siquiera sé cómo vaya a quedar porque no he leído nada tuyo. El hecho de que hayas nacido en Ciudad Juárez no es ninguna garantía, y casi te diría que al contrario. ¿Me oyes? ¡Que si me oyes! Es horrible hablar y escribir a solas. Antes había un gato por aquí, pero también se fue. Odio abrir estos silencios (o paréntesis) que me legan el rumor del viento acercándose desde el río, confuso y separado de nosotros como un sueño ajeno, integrándose al misterio de la noche por derecho propio. Noche que, por lo visto, no hay manera de hacer girar hacia el amanecer. Daría lo que me resta de vida porque amaneciera y llegara el negro que viene a hacer la limpieza, y tuviéramos que trepar las sillas

sobre las mesas para trapear, y yo abandona-
ría este inútil cuaderno y me pondría el delan-
tal para lavar las copas y los vasos y luego
acomodaría la ristra de botellas (¿te conté que
quité el espejo que tenía en la pared porque
cada vez que me volvía por una botella me
descubría más viejo, con las encías marchitán-
dose casi por minutos?). Soy obseso de la limpieza y de los aromas artificiales porque no
soporto este olor a podredumbre, a profundi-
dades excavadas, a recuerdos muertos que se
cuelan por la ventana abierta. Déjame también
cerrar la ventana, total. Qué feo me han olido
siempre Juárez y El Paso, quizá porque nunca
pude dejar de relacionarlas con el burdel aquel
de enanas putas —que ni siquiera eran putas.

Lo conseguiste, carajo, voy a tener que
servirme otra copa para continuar, y a estas
horas lo mejor será, en fin, un *bloody mary*
con mucho hielo, por aquí tenía los apios, a
ver. Los preparo como nadie, tendrías que
probarlos.

¿Puedes escucharme ahora sí, estés donde estés? Quiero suplicarte que me escuches
un momento, que un momento estés sólo
conmigo y luego hagas lo que te dé la gana.
Hazme caso, deja de hacerte el chistoso y por
lo menos dame alguna señal de que todavía
existes, de que andas por aquí. Me vas a obli-
gar a gritar, a caer de rodillas, a rezar como no
lo hacía desde niño.

Me parece comprender por qué la ple-
garia reclama instintivamente el caer de rodillas. El cambio de posición es el símbolo de

un cambio en el tono de la voz, quizá de una voz que apenas puede ya articularse, que intenta decir algo último y definitivo, como lo que me dijo —y que nunca entendí— aquel pobre gringo al que vi morir en el hotel *Versalles*. ¿Te imaginas descubrir a estas alturas de mi vida que voy a morir... como un gringo, y, claro, que me van a enterrar en un cementerio de El Paso, Texas, dónde si no? Pero antes de llegar a eso, que es lo de menos y para lo que aún falta mucho tiempo, escúchame, déjame escribirlo de nuevo: lo de Columbus en realidad no fue tanto por irme con Villa como por joder a los gringos. Joder a los gringos fue, esencialmente, algo así como casarte *in articulo mortis,* como creer en la resurrección de la carne, como suponer que tus actos influyen en la salvación del mundo.

Pisteamos un rato y te cuento.

Columbus terminó de imprimirse en septiembre de
1996, en los talleres de Gráficas La Prensa, S.A. de C.V.
Prolongación de Pino 577, Col. Arenal, C.P. 02980,
México, D.F. Se tiraron 3 000 ejemplares más sobrantes
para reposición. . Cuidado de la edición: Enrique
Mercado, Marisol Schulz y Freja I. Cervantes.